*Muerte en el Jardín de la Luna*

# Muerte en el Jardín de la Luna

Memorias del agente Pierre Le Noir
sobre nuevos hechos, aún más inquietantes,
ocurridos en París en noviembre de 1927

## MARTÍN SOLARES

LITERATURA RANDOM HOUSE

Parte de esta novela se escribió con el apoyo del Sistema Nacional de Creadores.

**Muerte en el Jardín de la Luna**

Primera edición: julio, 2020

D. R. © 2020, Martín Solares
c/o Schavelzon Graham Agencia Literaria
www.schavelzongraham.com

D. R. © 2020, derechos de edición mundiales en lengua castellana:
Penguin Random House Grupo Editorial, S. A. de C. V.
Blvd. Miguel de Cervantes Saavedra núm. 301, 1er piso,
colonia Granada, alcaldía Miguel Hidalgo, C. P. 11520,
Ciudad de México

www.megustaleer.mx

ISBN: 978-607-319-009-1

Impreso en México – *Printed in Mexico*

El papel utilizado para la impresión de este libro ha sido fabricado a partir de madera
procedente de bosques y plantaciones gestionadas con los más altos estándares ambientales,
garantizando una explotación de los recursos sostenible con el medio ambiente y beneficiosa para las personas.

Penguin
Random House
Grupo Editorial

*A Doré*

*Yo sé, Libertad, que tu hermana es la Muerte,*
*y no me espanto cuando me dicen*
*que quien quiera alcanzarte a ti*
*encontrará primero a tu hermana:*
*al contrario, algunos no dudaríamos*
*en tomar el camino más corto para alcanzarla a ella*
*si eso nos conduce a ti.*

S

# 1

## Cómo me condenaron a muerte

Un policía cualquiera ve a la muerte a los ojos una vez a la semana. Un gran policía no sólo la mira a los ojos: también la invita a bailar.

La muerte y yo bailamos muy de cerca, muchas veces, en el mes de noviembre de mil novecientos veintisiete. Así es el trabajo de un policía. Nadie me prometió que la Brigada Nocturna sería una excepción —como si investigar los casos más perturbadores y desconcertantes de París, aquellos que no debía conocer la opinión pública, en ese año tan sórdido, nos diera una garantía—. Más bien era lo contrario: a principios de septiembre entré a la Brigada Nocturna y dos meses después sufrí mi primer atentado. Un asesino con cabeza y garras de jabalí intentó matarme y me provocó heridas que cambiaron el rumbo de mi vida, por decirlo con suavidad. Por eso no puedo contar mi paso por la policía con un estilo convencional.

Dicen que entre policías sólo hay dos tipos de historias: aquellas en que se sigue a la muerte de cerca, aquellas en que la muerte te sigue a ti. Ya conté mi primera aventura, cuando perseguí al asesino. Hoy voy a contar la segunda.*

La noche que detuve a mi primer delincuente, alguien pensó que ese joven policía merecía un castigo ejemplar, así que le pusieron precio a mi cabeza: contrataron a uno de los peores navajeros de Europa para matarme. Un sujeto habituado a apuñalar, a eviscerar y a despedazar a sus víctimas de modo ostentoso. Uno célebre por su crueldad. Uno que debía hacerme sufrir, en un sitio público, para escarmiento de mis colegas, para humillación de la policía y para terror de los parisinos. Y yo, por supuesto, no me enteré hasta que fue demasiado tarde.

Horas después fui a caminar con mi amiga, la bellísima maga Mariska, y como ocurre entre aquellos que han escapado a la muerte, algo sucedió entre nosotros. Ella se detuvo de repente. Echó para atrás su fabulosa melena; más que alzar sus manos hacia mí, permitió que levitaran hasta mi cuello, y acercó su rostro al mío. Estaba a punto de besarla por primera vez cuando Karim Khayam, el más inoportuno de mis colegas, apareció de la nada:

---

* El narrador se refiere a la primera entrega de sus memorias, traducida mal que bien por Martín Solares y publicada aquí con el título, quizá demasiado escandaloso, de *Catorce colmillos*. (N. del ed.)

—¡Pierre! ¡El jefe te manda llamar! ¡Dice que regreses de inmediato!

Nos encontrábamos en la orilla del Sena y aunque comenzaba a amanecer, la luna aún descansaba, inmensa, sobre el centro de París. Mariska dio un paso hacia atrás y cubrió sus ojos de piedra preciosa con sus enormes anteojos oscuros:

—Ya sé lo que eso significa… Iré a mi casa: sola, por lo visto.

Y desapareció, como sólo ella podía hacerlo.

Iba a reclamarle a Karim con las palabras más duras que me vinieron a la mente cuando comprendí que algo muy malo había sucedido:

—Pierre —la voz le temblaba—, mataron al Pelirrojo.

—¿Qué? ¿A Jean-Jacques?

—Lo siento mucho. Ojalá fuera un error, pero encontraron su cadáver.

—¿Dónde?

—En los Jardines de Luxemburgo.

Corrimos hacia allá:

—¿De verdad era él? ¿Lo viste con tus propios ojos?

—Claro que sí; lo identificó el doctor Rotondi; uf, uf, no corras tanto.

No podía creerlo. Le Rouge había sido mi consejero y protector desde que entré a la Brigada Nocturna. Mi amigo y mentor.

—¿Cómo están seguros de que murió?

—Porque ningún cuerpo podría sobrevivir con tantas cuchilladas. ¡Caramba, Le Noir! ¿Por qué me obligas a, uf, hablar mientras corro? ¡Cargo más peso que tú!

Subimos por la pendiente de Saint-Michel desde la orilla del río hasta los Jardines de Luxemburgo. Cuando cruzamos las rejas, creí que mi corazón iba a estallar.

El día anterior investigué un crimen, recorrí buena parte de la ciudad a pie, fui a una fiesta en casa de los condes de Noailles, perseguí a un sospechoso que intentó masacrarme… Y unas horas después sucedió lo de Le Rouge.

—Uf, pensé que no llegaba —Karim se dobló en dos para recuperar el aliento—. Yo, uf, descanso; tú, uf, tú ve a ver al patrón, uf.

Intranquilos, malhumorados, apoyados en una ambulancia y en dos furgonetas sin placas, algunos de mis colegas con más experiencia resguardaban la entrada que da a la calle Soufflot; y fumando, siempre fumando, envuelto en su espesa nube de humo, el comisario McGrau, patrón absoluto de la Brigada Nocturna, en compañía del doctor Rotondi, analizaba cada detalle en la escena del crimen. Tan pronto llegué a su lado vi algo horroroso.

El agente Jean-Jacques Moreau, conocido en la brigada como Le Rouge y en los barrios bajos como el Pelirrojo, yacía boca abajo en el sendero principal. Su sangre había oscurecido la grava alrededor de su cuerpo, y su cabeza y sus brazos se extendían en dirección de la salida más próxima, como si hubiera tenido la intención de apoyarse en la reja. Pero no lo logró.

El velador que lo halló estaba ahí, con los dos vigilantes que formaban su equipo:

—Apareció de repente. Habíamos hecho la ronda en esta zona y todo estaba bajo control. Las rejas estaban cerradas, no había caminantes en la avenida, habíamos revisado cada arbusto, ¡nos consta que no había nadie escondido! De repente oímos ruido, alguien tosía, regresamos sobre nuestros pasos y este hombre se hallaba tendido en el piso, justo en donde habíamos estado. ¡Pero eso no es humanamente posible!

McGrau tocó el cuello de Le Rouge:

—Aún está tibio.

—No lo entiendo. El jardín cierra sus rejas con la puesta del sol, y lo peinamos a conciencia. Parejas de enamorados, turistas, vagabundos, borrachos o drogadictos: es imposible que nadie se oculte. Conocemos cada arbusto, cada escondrijo posible. ¿Cómo llegó este hombre aquí?

Y tenía razón. Pero ahí estaba el mejor de nuestros detectives, muerto y tirado en uno de los senderos centrales de los Jardines de Luxemburgo, a pocos pasos del cruce de la avenida Saint-Michel y la calle Soufflot.

—No hay rastros de violencia en las cercanías —confirmó el doctor Rotondi—, como si hubiera surgido de la nada.

El comisario miró al mejor de sus agentes con gran pesar e hizo una señal a los peritos:

—Llévenselo.

Los colegas se inclinaron sobre el Pelirrojo y le dieron media vuelta, a fin de colocarlo sobre una camilla. Tenía las heridas que se producen cuando alguien se defiende de un ataque con cuchillo: las peores estaban sobre el cuello, el torso y los antebrazos; la sangre oscurecía la parte delantera de su camisa blanca, por lo general inmaculada, y su eterna corbata azul. Pero antes de que levantaran el cuerpo, el jefe los detuvo:

—Esperen. ¡Esperen! No toquen nada…

El comisario alejó a los camilleros con extrema precaución. Debajo del Pelirrojo había algo: debías inclinarte para verlo a la luz de la luna, pero allí, sobre la grava que cubre el camino de entrada, Le Rouge había escrito y ocultado un mensaje. El jefe iluminó la grava con su encendedor y apareció una palabra:

FOTO

—Llamen al Fotógrafo —rugió el comisario McGrau.

—Aquí estoy —se adelantó el técnico que retrataba la escena del delito.

—Usted no. El otro.

Rotondi comprendió de inmediato:

—¡Avisen a Le Gray! ¡Vayan por él a la oficina!

Le Bleu, uno de los agentes más cercanos al jefe, corrió a abordar una de las furgonetas y arrancó a toda prisa. El comisario McGrau examinaba el mensaje de nuevo cuando algo llamó su atención. Se irguió como un relámpago y desenfundó su pesada arma reglamentaria:

—El que está ahí, revélese.

Una espesa niebla azul surgió tras el árbol más cercano. Como nadie asomaba, el jefe amartilló y se dispuso a disparar. Entonces se oyó una voz aflautada:

—No es necesario, jefe McGrau. Ahórrese las balas.

Una sombra salió tras el árbol humeante. No había que ser un genio para reconocer su uniforme: cualquiera en el mundo sabía de dónde venían la capa oscura, el traje negro de enormes botones brillantes, el sombrero en forma de hongo, el silbato metálico, el legendario garrote atado al cinto y la estrella de siete puntas coronada con el famoso escudo de su corporación.

—¿Scotland Yard? —Rotondi se rascó la cabeza.

—Departamento Sobrenatural de la Policía Real Británica. Buenos días, caballeros.

—Está muy lejos de su territorio, teniente Campbell —gruñó McGrau.

—Lo sé, comisario. Es una visita oficial.

Y le entregó a McGrau un documento enrollado, que nuestro patrón examinó de un vistazo.

—Es un mal momento. Quizá sea mejor que regrese a su isla.

—Tengo instrucciones del Comendador General. Seguimos la pista de un sujeto muy peligroso, que habría llegado a París hace poco tiempo. Un asesino excéntrico, pero infalible, que llevaba tiempo escondido. Ustedes lo llaman Jack l'Éventreur.

—¿Jack the Ripper? ¿Jack el Destripador?

El caso había adquirido fama mundial: un demente que mató a cuatro mujeres en la ciudad de Londres, en el barrio de Whitechapel. Abordaba a sus víctimas por la noche, las atacaba con exceso de crueldad, y nunca fue detenido por la sencilla razón de que nadie consiguió verlo nunca. Los periódicos sospechaban que podría ser un carnicero que se había vuelto loco. Más tarde se especuló que sería un cirujano, familiar de la reina de Inglaterra. Jamás se encontró al culpable, y de eso habían pasado ya casi cuarenta años.

—Como usted sabe, hace tiempo que lo estamos siguiendo.

—Sin mucho éxito, por cierto.

—Así es. Pero tenemos fuertes motivos para sospechar que sigue vivo y lo han contratado para liquidar a un ciudadano francés.

—¿Cuándo llegará a Francia? ¿Tenemos que vigilar las aduanas?

—Ah, no se preocupe por eso: ya debe estar en París. Corren fuertes rumores de que cruzó el canal de la Mancha hace algunas semanas y que se ha establecido en esta ciudad. Dado que mientras estábamos con vida fuimos nosotros quienes siguieron los pasos de este sujeto, y puesto que conocemos a la perfección sus rutinas y procedimientos, nos ordenaron venir a detenerlo. Y eso es lo que deseamos hacer. ¿Podríamos echar un vistazo a su depósito de cadáveres, comisario?

—La morgue de París no queda cerca —gruñó el jefe—. ¿Qué estaba haciendo aquí?

El oficial miró el cadáver del Pelirrojo:

—Supongo que, al igual que usted, recibimos la llamada de auxilio que el difunto Le Rouge lanzó antes de… vaya, de caer en tierra de manera tan lamentable. Pasábamos por aquí y vinimos de inmediato. Como usted sabe, en alguna ocasión Le Rouge colaboró con nosotros.

El jefe lanzó una nube de humo:

—¿Cuántos de ustedes se encuentran aquí?

El británico sopló en un silbato que no se escuchó en este mundo y cuatro agentes surgieron tras el árbol humeante.

—Adams, Walker, Ryan, Perkins: den sus respetos al comisario McGrau.

—Comisario —los recién llegados se tocaron el sombrero.

El jefe gruñó:

—No permitimos que ningún fantasma se haga visible en París durante el día. Si quieren investigar tendrán que ser muy discretos, disfrazarse de seres humanos si es necesario, e informarme de sus hallazgos, tal como indican los tratados vigentes.

—Delo por hecho.

—Por el momento vayan a la morgue si así lo desean, Rotondi los alcanzará en cuanto sea posible. Más tarde se concentrarán en la calle Champollion; asignaré un agente para que los acompañe. En fin: ya conocen el camino.

—De acuerdo, comisario. Gracias por su comprensión.

—No olviden que…

Antes de que mi jefe terminara la frase, los visitantes desaparecieron en el aire. Ésa es una de las cosas que no soporto de los fantasmas: son incapaces de sostener una conversación con los vivos. Pero no tuvimos tiempo de molestarnos con ellos:

la furgoneta negra volvió y se detuvo frente a la reja. De ella descendieron el agente Le Bleu y el más nervioso de nuestros peritos, cargado de material:

—¡Un poco de ayuda, por favor!

¡El Fotógrafo había llegado! Hacía días que no me topaba con él. A una señal del comisario, los gendarmes que cuidaban la puerta fueron a apoyar a Le Gray, que se esforzaba en sacar del auto cuatro pesados estuches.

—Permiso, colegas, permiso, por favor. Abran paso a la ciencia... Hey, ¿qué tal, Le Noir?

—Viejo, ¿dónde estabas?

—El jefe me envió a una misión en provincia... Carajo, ¿es Jean-Jacques?

—Es él. Lo siento mucho.

—¿Está muerto?

—Así es.

—¡Canallas! —el Fotógrafo apretó las mandíbulas por un instante y las manos le temblaron de furia—. ¡Esto no quedará impune, colega! Encontraremos al que te hizo esto, ¿lo oyes?

Y armó a toda prisa un aparato hecho con elementos que provinieron de los cuatro estuches. Aunque vestía como un saltimbanqui, Claude Le Gray era uno de los técnicos más respetados de la Brigada Nocturna. Usualmente se dedicaba a estudiar y clasificar fotos que cualquiera calificaría de perturbadoras, y sólo en casos excepcionales el comisario lo llamaba a la escena de un crimen. En esos casos Le Gray abría el tripié, fijaba sobre él su inusual aparato mecánico y lo cubría con una manta para evitar interferencias —pues hasta el menor rayo de luz, e incluso la luz de una estrella, según explicaba, podían alterar sus oscuros procedimientos. Las fotos de Le Gray no tenían nada convencional.

Cuando terminó de colocar el filtro y los extraños aditamentos, el aparato recordaba más la cornamenta de un ciervo que una cámara tradicional. El colega se metió bajo la tela para contemplar la composición por unos segundos y emergió con el ceño fruncido:

—Le Noir, detén el bulbo, por favor.

Me indicó que cargara un enorme foco de cristal, pesadísimo, del tamaño de una sandía, de modo que apuntara hacia la escena del crimen.

—Álzalo sobre tu cabeza. Un poco más: así, así, ¡quieto! Quédate así.

—¿Cuándo estará lista la foto? —resoplé—. ¿Mañana?

—No, qué va… ¡Estamos a la vanguardia de la tecnología! Sólo fijo la velocidad, determino el alcance… ajusto el diafragma y… listo. ¡Preparados!

Y accionó el obturador. Fue como si una nube blanca, gorda y radiante saliera del bulbo para posarse con delicadeza sobre la escena del crimen. La nube olfateó el cuerpo del Pelirrojo, recorrió la grava, se expandió por arbustos y matorrales, lamió el tronco del árbol más próximo, llegó hasta las rejas, dio una vuelta sobre sí misma y giró, giró, giró, como un gato que persigue su cola. El espectáculo duró unos cuantos segundos y luego, tan rápido como había llegado, la nube volvió a entrar en el bulbo. Se produjo un intenso destello y una tira de papel cuadrado surgió del aparato de Le Gray. El Fotógrafo atrapó la impresión antes de que cayera al suelo, la agitó contra el viento para secarla y nos mostró el papel, donde surgía una imagen.

Primero vimos la grava y el pasto, los matorrales y arbustos; luego el cuerpo de Le Rouge, el tronco del árbol humeante, las rejas que rodean los jardines. Todo lucía tal como lo perciben nuestros ojos.

Pero antes de que la foto registrara por completo los elementos anteriores nos deslumbró un relámpago y el papel mostró una especie de película muda, muy breve, en la cual vimos a Le Rouge arrastrarse dentro de los jardines, escribir algo sobre la grava y derrumbarse tal cual se encontraba. Un segundo relámpago se elevó de la imagen.

—Aquí viene la conclusión —nos advirtió Le Gray.

El comisario y yo nos inclinamos sobre el papel.

Aunque pasen muchos años, jamás podré olvidar lo que vi.

Allí, sobre la foto que mostraba el cuerpo del Pelirrojo tirado en el suelo, tal como se hallaba ante nuestros ojos, apareció lentamente una inscripción escrita en la grava, imposible de percibir a simple vista por el ojo humano. Dos frases escritas en una tinta que helaba la sangre:

YA ENTRARON A LA CIUDAD
LLAMEN A MONTE-CRISTO

El comisario miró al cielo, donde imponentes nubes de tormenta rodeaban la luna y se espesaban a gran velocidad. Pronto tendrían el tamaño del Barrio Latino.

Le Bleu, que había observado el procedimiento sin interrumpir, se acercó al jefe y musitó un par de palabras. Supe que algo estaba muy mal porque miraron en mi dirección.

—Pierre, ven aquí —gritó el comisario.

—Dígame, patrón.

—Tu atacante logró escapar.

—¿Cómo?

El monstruo con rasgos de jabalí, el delincuente que mis colegas y yo habíamos atrapado con grandes esfuerzos unas horas antes, estaba libre otra vez.

—¿Cómo es posible?

—Mató a uno de los custodios y huyó. No descartamos que intente atacarte. Los de su especie nunca dejan viva a una víctima.

—¿Es una broma?

—Al contrario: no podemos tomarlo a la ligera. Puede aparecer en cualquier instante.

Sentí que me temblaban las piernas. Mi atacante era mucho más grande que yo y tenía unas garras enormes.

—¿Qué debo hacer?

—Tendrás un escolta. ¡Karim!

El más delgado de mis colegas dio un paso al frente.

—¿Sí, comisario?

—Vas a cuidar a Le Noir.

—¿Karim será mi escolta?

McGrau me miró con hastío:

—El detective Karim es uno de los agentes mejor capacitados para repeler ataques.

—¿Estamos hablando del mismo Karim? ¿Este Karim?

Karim no era precisamente el más rudo de mis compañeros. De hecho, era yo quien lo cuidaba a él desde que entré a la Brigada. En varias ocasiones tuve que defenderlo de las bromas de mis colegas más pesados, ¿cómo iba a defenderme él a mí? Sentí que me iba a desmayar.

—¡Atención! —rugió el comisario—. ¿Qué te sucede?

—Pierre, estás muy pálido.

—No me siento bien.

Y en efecto, se me doblaron las rodillas.

—Eh, ten cuidado —alguien me ayudó a recostarme sobre la banca más próxima.

—Doctor Rotondi, ¿puede venir? —el jefe casi saltó al examinar mis manos.

Nuestro mejor perito forense se acercó, estudió mis nudillos y titubeó:

—El mismo síntoma se manifestó en otros agentes que recibieron heridas similares, poco antes de morir. La herida de un jabalí no es cualquier cosa.

Alcé las manos a la altura de mis ojos. No estaba preparado para eso.

La piel de mis manos era más blanca que de costumbre. Venas y arterias se veían con una claridad inusual, como si me hubiese vuelto transparente.

—Tenía que suceder justo ahora, cuando más necesitamos su apoyo… —el jefe sacó una libreta y garabateó unas instrucciones—. Karim, llévalo al hospital. Dale este papel al director.

—¿Al Val-de-Grâce?

—No, al otro. Con el único médico que puede atender estas cosas… Dile que no lo revise a la luz de la luna.

Mis colegas miraron al cielo, donde un nubarrón impedía la visión del astro nocturno.

—¿Qué tiene que ver la luna en todo esto?

—Vayan de inmediato —gruñó el comisario, y comprendí que algo muy grave, quizás irreversible, estaba a punto de suceder. El baile con la muerte había comenzado.

# 2

# El médico de la Brigada

La ambulancia iba tan rápido que estuvo a punto de volcarse al doblar una esquina. Karim estaba aferrado a los cinturones de cuero que colgaban del techo y cerraba los ojos con una expresión de terror. ¿Cómo iba a enfrentarse un ser tan endeble como él a la bestia que juró asesinarme?

—Oye, Karim, ¿has practicado boxeo?

—No.

—¿Esgrima?

—No.

—¿Lucha con bastón francés?

—No, ese deporte es muy violento.

—¿Corres? ¿Alzas pesas? ¿Has estudiado algún arte de defensa personal?

—No. Yo soy gente pacífica. Tú me conoces, Le Noir.

Noté que su labio inferior temblaba:

—¿Estás llorando?

Asintió enérgicamente:

—Me cuesta aceptar que mataron al mejor de nosotros...

¡Vaya escolta que me asignaron! A ese paso tendría que protegerlo yo a él.

—¿A dónde vamos exactamente?

—Al Instituto Metapsíquico Internacional. Te va a gustar el lugar, ya estuve una vez ahí. La comida es muy buena.

—¿Dónde está?

—En la calle del Acueducto —sonrió Karim.

—¿La calle del Acueducto, en el décimo distrito? En esa calle vivía Le Rouge.

—Pues vamos allí.

Sentí un golpe de ardor en el pecho, como si me hubieran vaciado una cubeta de lava en los pulmones:

—¿A qué altura vamos?

—Al número 51.

El incendio en el pecho se incrementó:

—Le Rouge vivía en el 49, ay. Conozco el lugar, he pasado muchas veces por ahí.

Traté de levantarme, pero el dolor fue tan intenso que no podía hablar ni pensar.

—¿Pierre? ¿Qué sucede?

Creí que iba a morir cuando la ambulancia se detuvo.

Ignoro cuánto tiempo pasó. Un hombre alto, de bata blanca, y un jorobado de piel amarillenta, que vestía un uniforme de enfermero, entraron a la ambulancia. Vi a Karim entregarles la nota del comisario y señalar mis heridas, pero el dolor me impidió comprender sus palabras. El viejo examinó mi pulso y dio una orden a su ayudante. Cerré los ojos para soportar el ardor.

Cuando volví a abrirlos, el jorobado sostenía una bandeja con distintas sustancias junto a mi camilla. El doctor se colocó un par de guantes de caucho, vertió un polvo blanco en una jarra de agua y lo mezcló a conciencia con una espátula. Entretanto el jorobado me dedicaba una sonrisa burlona y yo me pregunté qué tipo de hospital les permite a sus empleados que sonrían en los servicios de urgencia: cuando uno cree que va a morir, lo último que desea ver es una mueca sarcástica.

El doctor me obligó a beber de un vaso de agua en el que flotaban hierbas de color azul. El primer trago apagó buena parte del espantoso dolor. Con el segundo, más largo y ávido, sentí que era capaz de pensar otra vez.

—¿Mejor, verdad? —el doctor sonrió—. Es nuestra medicina universal, en cuanto la beba estará en condiciones de hablar. Enfermero, por favor…

El jorobado y Karim me instalaron en una silla de ruedas y me bajaron de la ambulancia por una rampa. Examiné el hospital: claro que lo conocía. Era el edificio que estaba frente a la casa de Le Rouge, en la calle del Acueducto. Lo había visto cientos de veces al visitar a mi amigo: una mole de seis pisos, tan anónima y limpia como el resto de las viviendas de esa calle. Ni siquiera tenía un letrero en el exterior. De no ser por los espesos matorrales de lavanda que adornaban las ventanas, nadie advertiría su existencia.

—Dense prisa —nos conminó el doctor.

Empujado por el jorobado y seguido de cerca por Karim, me llevaron hasta el primer consultorio disponible.

A ese doctor yo lo había visto en alguna parte, pero no recordaba dónde. Por más esfuerzos que hice, sólo logré concluir que sus cejas espesas y su bigote negro me recordaban muchísimo a un joven actor americano que había visto en una película reciente: un tal Groucho Marx.

Pero el doctor no tenía ni pizca de humor. Debajo de la bata blanca usaba un saco muy caro y zapatos tan fríos y pulidos como un coche deportivo. Luego de examinar el mensaje del jefe McGrau, se sentó frente a mí:

—Así que usted es el nieto de la famosa Madame Palacios, la mujer que se comunicaba con los espíritus.

Asentí con trabajos. La medicina me había hecho bien, pero aún me costaba hablar.

—Soy el doctor Charles Richet. Fui un gran admirador de su abuela, y no es para menos: ella se formó con la médium Eusepia Pallatino. Estuvo con Eusepia por un tiempo y luego se alejó... La mayoría de los médiums europeos son charlatanes. Como decimos aquí: Si es famoso, es un fraude. En cambio su abuela siempre vivió alejada de los circuitos comerciales. En varias ocasiones quise entrevistarla con fines científicos, pero jamás aceptó.

—Falleció hace diez años.

—¿De muerte natural?

—Así es.

—Lo lamento. ¿Y ella nunca... nunca ha intentado ponerse en contacto con usted... después de su muerte?

El doctor me estudiaba como si yo fuese una rana que pensara abrir en los siguientes minutos.

—No, doctor.

—Apreciaré todo lo que pueda contarme sobre ella. Somos la primera institución científica de estudios paranormales en este país. Camille Flammarion, el conde de Gramont y el profesor Rocco Santoliquido son algunos de nuestro colaboradores. Gracias al trabajo que realizamos aquí, colegas de otros países siguen de cerca nuestros pasos: el College of Psychic Studies, la American Society for Psychical Research, el Institut für Grenzgebiete der Psychologie und Psychohygiene... En los diez años que he estado a cargo he denunciado centenares de fraudes. Sólo una persona en París me desconcertó ampliamente al principio de mis investigaciones y fue su abuela, caballero. Tenía una sensibilidad fuera de lo común hacia lo sobrenatural. Nunca pude determinar cómo lo hacía…

Por una vez Karim resultó útil:

—El agente Le Noir está fatigado. Será mejor que repose.

El doctor gruñó:

—Primero debo elaborar su diagnosis.

Abrió una gruesa carpeta negra y se instaló detrás del escritorio.

—Doctor, antes de que comencemos, ¿puede decirme si hay guardias de seguridad en el edificio?

—¿Seguridad? ¿Para qué?

—Ignoro si el comisario le advirtió —carraspeé—, pero un asesino enorme, que me atacó hace unas horas, juró matarme y no me gustaría que me encuentre.

—No se preocupe. Vea, vea —señaló por la ventana—: nuestro plantío de lavanda nos protege.

—¿Esas macetas?

—La lavanda, lavandaria, espliego, alhucema o cantahueso ha sido una de las defensas más eficaces de este país desde la Edad Media. Su presencia desanima a la mayoría de los seres malignos. Además, purifica el ambiente.

—El que me atacó no se detiene a admirar florecitas.

—Tonterías, confíe en la lavanda. En más de diez años nadie ha atentado contra el hospital, y vaya que han sobrado motivos. Muéstreme sus manos, por favor.

Ni siquiera se colocó los anteojos:

—Dios, está muy avanzado. Prácticamente puedo ver cada una de sus falanges desde aquí.

—¿Cómo?

Alcé mis manos: podía distinguir el color de las venas y las arterias, pero también, qué horror, la arquitectura monstruosa de mis huesos...

—¿Qué me sucede?

—Transparencia dérmica. Al principio se manifiesta en las manos. Es sólo un síntoma, un aviso de lo que podría pasar en el resto del cuerpo. Entrar en contacto con seres del otro mundo es muy delicado. Un pequeño movimiento en falso, un leve contacto con el otro plano y bum, las consecuencias son implacables. Cuéntemelo todo...

¿Cómo explicarle al doctor que la noche anterior un hombre vestido de frac se transformó en un jabalí de dos metros y me atacó? ¿Y que fui salvado por una jauría de animales gigantescos e inclasificables que luego se transformaron en seres humanos, entre ellos mi jefe y algunos de mis colegas? ¿Que conocí a una mujer que parecía flotar sobre el piso y era capaz de hacer trucos de magia desconcertantes? Pero Richet parecía leer mi mente:

—Comencemos por el principio. Según la nota del comisario McGrau, usted fue agredido por un ser sobrenatural de la especie que conocemos ahora como Kiefers, Büchen o Quijadas, según les llamaban en los bosques de Alsacia. ¿Vestía un traje hecho de hojas de árbol o usaba pieles de animal?

—Nada de eso: vestía un frac muy elegante.

—¿Un frac? No lo puedo creer, esto se sale de los patrones —revisó sus apuntes—. ¿Sabe que usted es el segundo caso registrado en toda la historia en que un ser humano resiste un ataque de esa especie?

—¿Cómo?

—Sí, sólo otra persona sobrevivió a un ataque similar, pero fue en los primeros años de nuestra era, entre el 50 y el 66 después de Cristo, si hemos de creerle a Petronio.

—¿A quién, dice?

—A Cayo Petronio Árbitro, el *arbiter elegantiarum*. Poco antes de su muerte, Petronio trabajaba en un ensayo sobre animales y fenómenos sobrenaturales. Si uno lee entre líneas su *Satiricón*, encuentra grandes pistas allí. No es difícil concluir que la descripción de la bestia que Petronio halló a las afueras de Roma en realidad corresponde a los Kiefers.

—¿Quiénes son ellos?

—Bueno, según el latino eran bestias espantosas capaces de cambiar de apariencia. Sus ataques eran mortales; sus víctimas, despedazadas hasta formar siete grandes pedazos, eran engullidas de inmedia-to… Y aquellos que sobrevivieron al ataque gracias a la intervención de guerreros, de tribus valerosas o de otros animales fantásticos, no duraron vivos mucho tiempo. No es difícil imaginar por qué.

—¿Desarrollaron algún tipo de infección fatal, como ocurre con quienes fueron mordidos por un león?

—No, claro que no. En todos los casos el Kiefer simplemente volvió y acabó con ellos. Son muy vanidosos: no se permiten este tipo de errores y regresan a acabar con sus víctimas en la primera oportunidad. Es como si pudieran olerlos y seguir su rastro durante días.

Tragué saliva:

—¿No convendría reforzar la vigilancia?

—Pondremos más lavanda en su cuarto, si eso lo hace sentir más tranquilo.

—Me estoy sintiendo muy mal.

—Aguarde, no se desmaye. Dele otro trago a su medicina. ¿Vio las garras de su agresor?

—En efecto.

—¿Eran garras chicas, como las de un gato doméstico, *Felis catus*, o anchas y de aspecto rocoso, como las de un oso pardo, *Ursus arctos arctos*?

—Anchas y pétreas, como las de un oso, supon-go. Casi podría dibujarlas, las tuve muy cerca.

—¿Qué tipo de sonido lanzó su atacante? ¿Gritó, rugió, chilló, bufó…?

—Nada de eso. Sólo se reía de mí.

—Los animales no ríen.

—Mi atacante siempre tuvo aspecto de hombre, lo único extraño eran sus garras. Incluso habló mientras me atacaba.

—No puede ser. ¿En qué idioma?

—En francés. Con fuerte acento alemán.

—Esto es muy atípico —reflexionó—: ellos no hablan mientras comen. ¿Algo más que considere digno de registro?

—Sí. Minutos antes de que me atacara lo vi arrastrar a un niño encadenado por el cuello. Según me explicó una maga, es probable que mi agresor haya lanzado un hechizo en mi contra que le habría permitido robarme una parte de mi espíritu. El niño sería mi alma, aunque no he podido comprobarlo.

El doctor cerró la carpeta de golpe:

—Si no toma en serio mis preguntas, daré por terminada la consulta. ¿A dónde quiere llegar?

—¿Cómo?

—¿A dónde quiere llegar con sus mentiras?

—No entiendo a qué se refiere, doctor. Le estoy contando lo que sucedió.

—Ningún ser humano puede ver físicamente los hechizos, señor Le Noir. Y ningún jabalí es capaz de hacer lo que usted indica. Si sus palabras fueran ciertas tendríamos que aceptar que esta especie endogámica y cerrada a todo contacto con el exterior desarrolló las habilidades de ciertos magos asiáticos, por un lado, y que usted es capaz de percibir directamente hechos paranormales, por el otro. Pero ambas cosas son imposibles.

—No miento. Todo el día de ayer, desde que me atacó el asesino, sentí un cansancio fuera de lo común y algo similar a una melancolía fulminante. Ni siquiera podía respirar.

El médico frunció sus cejas espesas durante un largo instante:

—Los síntomas que usted indica son los que se atribuyen a cierto tipo de hechizo, muy elaborado, propio de los que practican los magos del Nilo... Pero las bestias como su atacante son incapaces de practicar brujería. Debe estar equivocado...

Se dirigió a su asistente:

—Dimitri, muéstrale al señor las imágenes de los seres malignos que hemos detectado en París. Eso le permitirá identificar a la especie agresora.

—No creo que sea necesario, doctor. Mi atacante se presentó con nombre y apellido: dijo llamarse Roman Petrosian.

—¿El doctor Roman Petrosian? Eso no tiene sentido. ¿Rubio, con barba y patillas?

—Así es.

—No puede ser. Petrosian desapareció hace años. Era uno de los especialistas más reconocidos en lo que se refiere a la fauna prehistórica; toda una eminencia de la Universidad de Berlín.

—Ése fue el nombre que me dio.

La pipeta de cristal resonó mientras el doctor mezclaba más medicina:

—Es inconcebible, pero algunos de esos seres conservan la arrogancia que tuvieron mientras eran humanos. Inconcebible.

—Doctor… ¿qué son esos seres… los Kiefer, o Quijadas?

—No son de aquí. Se les vio numerosos en los bosques y pueblos de Alemania, en los confines de Francia y España, en Italia… El origen preciso se desconoce, pero ya los dibujaban los hombres de las cavernas. A diferencia de otras especies nocturnas, el disfraz y el engaño son sus métodos de cacería y supervivencia. Nunca se alejan de la manada. El rugido de uno es atroz, y el de una manada, el horror.

—¿Pueden disfrazarse de humanos?

—Son humanos. O eran… Deje eso a los científicos, si no quiere sufrir represalias. Muchos murieron, como el mismo Cayo Petronio: se especula que Nerón, que se transformaba en bestia a su antojo, lo mató para evitar que difundiera lo que sabía sobre los seres fantásticos. Otros investigadores que exploraron el tema también desaparecieron por completo: en siete mordidas, no sé si me explico. Ahora quítese la ropa.

Me quité lo que quedaba del saco, la camisa y el pantalón, pero me cuidé de ocultar en el puño derecho mi posesión más preciada: la joya que me obsequió mi abuela días antes de morir, una piedra traslúcida que me había acompañado desde entonces.

—Atención: voy a manipular las vendas.

Para ser un galeno, no se distinguía por su tacto, y me lastimó al retirar el vendaje:

—Vaya, vaya —señaló el talismán que guardaba en mi mano—. Usted porta una especie de amuleto. ¿Me permite?

Antes de que yo pudiera evitarlo, me arrebató la joya y la estudió a contraluz. Su rostro se iluminó de golpe:

—Jamás creí... No imaginé... Esto es... todo un hallazgo. ¿Puedo preguntar cómo la obtuvo?

—Mi abuela me la regaló.

—Jamás había visto algo así. Ese color, ese brillo... —y luego de carraspear—: Me gustaría comprarla.

—No está a la venta —le arrebaté la joya.

—¿Me la prestaría para estudiarla en el Instituto?

Sentí un escalofrío recorrer mi espalda. Y como solía hacerlo cuando me hallaba en peligro, la joya aumentó de temperatura:

—No me he deshecho de ella desde la muerte de mi abuela y no la prestaré. Lo siento, doctor; lo prometí en su lecho de muerte. Ojalá comprenda. Y cerré el puño. Los ojos del doctor brillaron con resentimiento. Si mi colega Karim no se hubiera encontrado a un costado, es posible que las cosas hubiesen tomado otro rumbo. Pero el doctor disimuló su furia y se concentró en tomar nuevos apuntes.

—Se quedará aquí por una temporada. Tenemos que determinar si la infección va a matarlo antes de que se transforme, o si va a transformarse antes de que la infección acabe con usted. Enfermero, condúzcalo a su habitación.

—¿Transformación? ¿A qué se refiere?

—Mientras esté aquí es preferible que no le dé el sol pero tampoco la luna; que no coma carne roja ni blanca; que no ingiera alcohol, que no fume ni se agite demasiado, y si descubre que sus manos atraviesan las paredes, que siente repulsión al ver agua o alimentos, que lo mueve el impulso incontrolable de morder a las personas o de beber sangre caliente, suene la campanilla...

Se dirigió al jorobado:

—Es probable que una maceta de lavanda no sea suficiente... Pongan dos más en el primer piso.

—Sí, doctor.

—Y ahora debo asistir a una junta con la Comisión Médica. Recuerde: debe impedir que le dé la luz de la luna. Al menos directamente.

—Doctor, ¿qué me está pasando?

—Eso es lo que vamos a averiguar. Dimitri, lleva al detective a su cuarto.

El doctor Charles Richet tomó mi expediente y salió del consultorio por la puerta trasera. Su ayudante vino hacia mí con la sonrisa macabra.

# 3

# Bienvenido a la tribu

Seguimos al enfermero por los pasillos del hospital, donde sólo había algo digno de mención: más racimos de lavanda. Una maceta frente a cada habitación. La mía se encontraba al final del primer piso.

El jorobado fijó mi hoja de registro a los pies de la cama y se despidió:

—Acuéstese y no se le ocurra salir.

En cuanto se fue, noté que en uno de los rincones había una vieja mancha, oscura como la sangre:

—Karim, este lugar me da muy mala espina. Vámonos de aquí.

—De ningún modo, Pierre. Son órdenes del jefe.

—Deberíamos revisar la casa de Le Rouge, que está cruzando la calle.

—Ni hablar.

—Le Rouge era amigo nuestro. Su muerte exige justicia.

—Pero tú no puedes moverte, estás enfermo. Y recuerda que un jabalí te busca para matarte.

—Karim, ¡mataron a Le Rouge y su casa está enfrente! ¡Debemos ir a investigar!

—Ni hablar.

—Pero estamos tan cerca de la casa… y cada segundo es vital. Tú sabes que los colegas tardarán en llegar y que las pistas podrían esfumarse.

Karim resopló:

—¡Vaya que eres latoso! El jefe comentó que Le Bleu vendrá a reforzar la vigilancia. En cuanto él llegue iré a casa de Jean-Jacques, sólo por unos minutos.

—Gracias, Karim. Y necesito que me hagas un favor… De hecho, son dos favores.

Tomé el papel membretado del Instituto que estaba en la mesita de noche y redacté una nota urgente para Mariska. La doblé y la metí en el único sobre disponible.

—Cuando te vayas, ¿dejarías esta nota en el correo? Hay un buzón en la esquina.

—Sin problema. ¿Qué más?

Respiré hondo:

—Guarda esto en un lugar seguro. No se lo muestres a nadie ni lo saques en público.

Le entregué la joya que me había dado mi abuela.

—¿Por qué no la guardas tú, en la caja fuerte de tu habitación? —señaló la caja de metal que se hallaba en el clóset.

—Tengo un mal presentimiento.

—Como tú quieras.

—No permitas que nadie, e insisto, nadie salvo tú entre en contacto con ella.

—No te preocupes, Pierre. Así lo haré.

Karim envolvió celosamente la joya en una mascada que sacó de su bolsillo y la guardó en la bolsa interior de su saco.

—Nadie podrá tomarla de aquí sin que me dé cuenta.

—Eso espero.

Una enfermera muy joven, pecosa y de enorme cabellera rizada, disimulada bajo la cofia blanca, tocó y entró con una sonrisa:

—Hola, soy su enfermera, Pauline. Vengo a revisar si tiene signos vitales… quiero decir: a revisar sus signos vitales.

—Aún tiene algunos —bromeó Karim—, pero no son muy buenos. Le está fallando el cerebro.

—¿Me permite? —la enfermera sacó un termómetro.

—Esperaré afuera, Pierre. Hay cosas sobre ti que no necesito saber.

—¡No olvides enviar la carta!

Karim miró el nombre de la destinataria con enorme interés:

—¿Mariska es esa mujer de cabellos rizados que estaba contigo en el muelle hace rato?

—Vaya, veo que tuviste tiempo de estudiarla.

—Camina como una pantera. Y besa muy bien.

—Vete al carajo.

Antes de irse, husmeó el ambiente:

—Dame un instante.

Karim caminó alrededor de la habitación. No parecía que examinara cada esquina, sino que susurraba algo en dirección de las paredes. Cuando terminó de dar una vuelta completa, sonrió:

—¿Qué fue eso?

—Una antigua oración hindú, para que descanses mejor.

—¿Eres hindú?

—Mis padres nacieron en Pakistán y tuvieron que venir a Francia. Yo sólo retomo algunas de sus enseñanzas. Quizá sea bueno que te recuestes, Pierre, cada vez te ves peor. Verte en estas condiciones es muy desagradable y mis ojitos no merecen semejante espectáculo. Esperaré afuera… No vayas a descorrer las cortinas, recuerda que la luna podría lastimarte.

Y salió.

Lavanda y un policía delicado. Si ésa era toda la protección que tenía, estaba en problemas.

La enfermera me dedicó una sonrisa deslumbrante. A juzgar por cómo se ruborizaba, y por el tiempo que se llevó en estudiar la temperatura que indicaba el termómetro, se diría que yo era el primer paciente que atendía en toda su vida.

—Así que es policía —se sentó junto a mí y leyó mi hoja de registro—. ¿Qué es la Brigada Nocturna?

—Eso es información confidencial.

—¿Lo cual significa...?

—Que es el departamento más fastidioso de la policía de París. Se va a aburrir conmigo.

—Nada de eso, el suyo es un caso muy interesante. No todos los días sobrevive alguien al ataque de un jabalí. ¿Sabe que si sigue vivo para mañana en la noche, podría transformarse en una Gran Bestia?

—¿En una qué?

—Mantenga la calma. Tiene el pulso muy bajo. Extremadamente.

—Estoy muy cansado. ¿Dijo "Gran Bestia"? —el peso del día cayó sobre mí.

—Es lo que nos explicó el doctor Richet. ¿Se siente bien?

—¿Es normal que uno vea oleadas de oscuridad acercarse?

—No se levante, creo que se va a desmayar. Llamaré a la jefa de enfermeras.

Quise detenerla pero no hallé fuerzas para gritar.

No sé cuánto tiempo transcurrió, pero cada vez que alguien caminaba por el pasillo yo confundía el rechinar de sus pasos o las bisagras de las puertas con el rugido de un depredador. De repente me parecía ver el rostro de Mariska. A veces el de Karim.

Intentaba levantarme, pero todo mi cuerpo se volvió muy pesado. En algún momento creí que una tribu de cavernícolas colocaba enormes trozos de roca sobre mí, como si me enterraran deliberadamente. Como si cumplieran un rito ancestral, temerosos de que, luego de la herida que me dieron, yo también me convirtiera en un depredador terrible, un asesino de hombres. Intenté detenerlos, pero comprendí que lo hacían por el bien de la tribu. Y me colocaron más rocas encima.

Entonces llegaron los dolores. Los sentí revolotear sobre mi cuerpo y acercarse como buitres. Grité varias veces para ahuyentarlos pero ellos alzaban el vuelo por un instante, y tan pronto callaba volvían a posarse sobre mí. Pensé que deliraba hasta que pronunciaron mi nombre.

# 4

# La pista del Pelirrojo

—Despierte, Le Noir. Usted sería capaz de llegar tarde a su propio funeral.

Era el comisario McGrau. Al ver que me incorporaba, pidió a las enfermeras que salieran:

—¿Dormir cinco días fue suficiente?

—¿Cinco días?

—El remedio que dan en el Instituto provoca ese efecto. Por lo menos sus manos van recuperando la normalidad.

Y era cierto, mi piel había recuperado su color habitual: el blanco lechoso de los parisinos.

—¿Qué me pasó?

—No se preocupe por lo que sucedió, sino por lo que va a suceder… ¿Tiene la joya de su abuela consigo?

—No, señor. La puse en un lugar seguro.

—¿Dónde? —el jefe se veía desesperado.

—Karim se la llevó para esconderla.

La noticia le sentó muy mal. Se asomó al pasillo y dio instrucciones a alguien:

—El agente Karim Khayam. Ve a buscarlo. Discretamente.

—Sí, patrón.

El comisario volvió a la habitación y se sentó en la única silla disponible. Sus ropas olían no al humo de sus puros, sino al que despiden los bomberos que salen de un incendio. El jefe frunció el ceño como si hubiera visto algo indignante. Se inclinó sobre las flores azules de la maceta, las olió y meneó la cabeza:

—Me cuesta creer que aún crean en las propiedades mágicas de la lavanda…

—Jefe, de eso quería hablarle. No me siento seguro en este hospital. Si no le importa, prefiero irme a mi casa.

—De ningún modo.

—Desconfío del doctor Richet.

—¡Es un premio Nobel!

—¿De verdad?

—Nuestro mayor especialista en enfermedades sobrenaturales. Oficialmente recibió el Nobel de medicina por sus pesquisas sobre la circulación de la sangre… Pero en realidad se lo dieron por las investigaciones que conduce de modo paralelo. Su *Tratado de metapsíquica* apenas sugiere lo que ha aprendido sobre los seres nocturnos en los últimos años…

—Premio Nobel o no, tengo un mal presentimiento…

—Sus presentimientos, que son imaginarios, son preferibles al asesino real, que está tras su pista. Quédese aquí.

—¿De qué habla?

El jefe hizo girar la flor de lavanda entre sus dedos.

—Las cosas se han vuelto muy complicadas, Le Noir. ¿Conoce la fábula de los mariscos?

—¿La fábula de...? No, señor.

—Unos mariscos que estaban en una cocina sentían mucho calor y estaban inquietos. Sentían que se asaban, así que se movieron todo lo que pudieron para exigir que los pusieran en otro sitio. El cocinero, que vio sus movimientos, los tomó y los puso en una sartén ardiente, donde estaban cocinando al resto de sus compañeros. La moraleja es que a veces uno cree que está entre las llamas, y en realidad se encuentra en el sitio más seguro que hay.

—¡Es una fábula espantosa!

—Es de las mejores que había en la Edad Media. Y usted se encuentra en el sitio más seguro que tenemos.

—Me voy a mi casa.

—Que no se le ocurra. El jabalí no es el único ser que lo está buscando. Le pusieron precio a su vida.

—¿Qué?

—Hemos podido comprobar que buena parte de los delincuentes nocturnos que se encuentran en París buscan a un agente joven que corresponde con su descripción, y vaya que han estado ocupados. La ciudad está hecha un caos. El día que usted se enfermó, hallamos muerto al conductor de una ambulancia en la *rive gauche* y encontramos a otro chofer más, o lo que quedaba de él, flotando en el canal Saint-Martin.

Luego intentaron asaltar con violencia a una tercera ambulancia por los rumbos del Sacré-Coeur, pero el conductor se salvó por los pelos y eso nos permitió dar la alerta general: ya no hay ambulancias ni hospitales que no tengan fuerte respaldo de la policía.

—Salvo éste, supongo.

—En efecto, no queremos llamar la atención. Una fuerte presencia policial los atraería de inmediato. ¿Está listo para las malas noticias?

—¿Ésas eran las buenas? ¡Dios mío!

—Vimos a su amiguito, al jabalí que quiere matarlo.

—¿Por aquí?

—No, cerca de los Campos Elíseos, saliendo de uno de los tugurios más viejos de la zona.

—¿Lo detuvieron?

—Consiguió escapar. Pero no se preocupe, no saldrá de París sin que lo notemos.

—No me preocupa que se vaya, sino que se acerque.

—Por fin está recobrando la lucidez —el jefe sonrió un poco—. Ahora preste atención. Quizá sea demasiado para usted, pero debe saber cómo están las cosas. ¿Recuerda el cadáver del falsificador que encontramos hace seis días en Le Marais?

El jefe se refería al macabro hallazgo de O'Riley: un delincuente que al morir, por causas extrañas, habría adquirido un tono de piel color verde intenso. Lo hallamos tirado en un callejón, con catorce orificios en el cuello y sin una gota de sangre.

—Sí, señor. El doctor Rotondi lo tiene en la morgue.

—Pues hace cinco días, ese cadáver despertó y atacó a los asistentes del doctor Rotondi.

—¿Qué? ¿Cómo es posible?

—Creemos que fue un hechizo oriental, difícil de percibir. Tan pronto revivió se atrincheró en la morgue y despertó a otros muertos.

—¿Cómo?

—El cadáver del falsificador se puso de pie y despertó a otros muertos. O'Riley, o el cuerpo de O'Riley revivió, se levantó y despertó a los otros cadáveres que se hallaban en la morgue, todos con suficientes motivos para estar molestos con la policía. El doctor Rotondi apenas logró huir.

Debió ser una carnicería: el despacho del doctor Rotondi es una inmensa bodega, con unos treinta cajones metálicos empotrados en las paredes. Allí se guardan los cuerpos de malhechores que han muerto recientemente por actos violentos o en circunstancias extrañas, los cuales es preciso estudiar. Si los cálculos no me fallan, treinta cuerpos se habrían alzado de entre los muertos y habrían atacado a los nuestros.

—Salieron caminando por el pasillo, frente a secretarias y archivistas, y bajaron dos pisos. Me buscaban a mí. A esas horas sólo estábamos el Fotógrafo, los de guardia, Le Bleu y yo. El golpe nos tomó por sorpresa: fue un combate tremendo. Apenas pudimos contenerlos. Pero quien haya organizado todo, volverá a atacar.

—¿Quién fue?

—Aún no lo sabemos. Lo único firme es que hay un grupo muy poderoso, capaz de pensar a largo plazo, que quiere acabar con nosotros.

Entonces comprendí por qué el jefe se veía tan cansado.

—Ésa es la situación. Por eso se debe quedar en este hospital, cerca pero no dentro de las llamas. No se mueva de aquí.

El comisario se puso el sombrero.

—Jefe, ¿quién es el tal Monte-Cristo?

Más que responderme, el patrón gruñó:

—Uno de los seres más peligrosos de Europa. Alguien que su amigo Le Rouge conoció en sus primeras misiones... y alguien en quien confió demasiado.

—¿Fue él quien mató a Jean-Jacques?

—De Monte-Cristo se puede esperar todo, incluso que traicione a sus propios amigos, si eso conviene a sus intereses. Pero por el momento cumple una condena en un sitio remoto...

—Lo pregunto porque las heridas de Jean-Jacques eran demasiadas, y parecían muy profundas... Fue como si lo hubiera sorprendido alguien en quien confiaba... Eso, o Le Rouge no vio llegar a su asesino.

—No descartamos nada —el jefe consultó su reloj—. Debo irme. Por cierto, ¿le dijeron que debe evitar la luz de la luna? Le haría mucho daño, en sus actuales circunstancias.

Se puso de pie y tocó a la puerta. Ésta se abrió y el agente Le Bleu asomó y dijo en voz baja:

—Karim no aparece.

El jefe meneó la cabeza.

—Es lo único que faltaba. Hasta pronto, Le Noir. Recupérese pronto. Le Bleu se quedará aquí a cuidarlo.

—Gracias, jefe.

Antes de cerrar la puerta, Le Bleu preguntó con su habitual tono cortante:

—¿Todo bien, colega?

—Todo bien, Gastón.

—A ver si te curas pronto. La cosa está que arde —cerró la puerta y me dejó a solas. O casi: el olor a humo y la fábula del sartén que me contó el comisario se quedaron en la habitación.

# 5

# Un asesino en el hospital

Una media hora después, Karim entró a despertarme:

—¿Lo ves? No debí hacerte caso. Dice Le Bleu que el comisario me estaba buscando.

—¿Dónde estabas? ¿Fuiste a casa de Le Rouge?

—No. Fui a traer ropa limpia para ti —y me lanzó una camisa bien doblada y un pantalón.

—¡Karim! ¿Por qué no te concentras en lo importante? ¡Caramba!

—Calma, compadre. Claro que fui a casa de Jean-Jacques. Casi me arrestan los colegas. Ya estaban trabajando allí.

—¿Qué han encontrado?

—Muy poco: confirmaron que Le Rouge no pisó la comandancia ni su casa los últimos dos días con sus noches antes de morir. El último en verlo fue Le Blanc, por azar. Jean-Jacques le explicó que seguía a un sospechoso de cuidado, que avisara al jefe, y nadie volvió a saber de él hasta que encontramos su cadáver.

—¿Revisaste su escritorio?

—Claro que sí. No vas a creer lo que hallamos.

—¡Habla!

Karim sacó sus apuntes:

—Espera, no quiero citar de memoria... Jean-Jacques dejó un cuaderno de apuntes abierto. Su última anotación ocurrió antier, el día que tú y yo encontramos el cadáver de O'Riley tirado en el Marais... espera... aquí está: "O'Riley y el sospechoso entraron a las doce".

—¿Qué? ¿O'Riley? ¿El falsificador que se levantó de entre los muertos? ¿Estás seguro?

—Sí. Claro como el agua, me lo mostró Le Blanc. Pero aguarda un poco: eso no fue lo más importante que averiguamos. Lo mejor de todo lo hallé yo, a solas, cuando los colegas se fueron del departamento de Le Rouge.

—¿Y bien? ¡Cuéntame!

—No vas a creer esto... Cuando los peritos se fueron, me quedé un rato más. Estaba seguro de que aún nos faltaba algo por descubrir. Lo pensé durante un rato y examiné de nuevo todo el lugar. Cuando entré a la cocina vi que Le Rouge había comprado una baguette y varios frascos de mermelada. Me pareció una lástima desperdiciarlos, y me comí todo. ¿Tú sabes dónde compraba Jean-Jacques esas estupendas mermeladas? Francamente, no había probado algo tan rico en toda la ciudad.

De verdad, el comisario tenía que elegir mejor a sus nuevos agentes. En mi opinión, Karim debería volver a la secundaria.

—Muy buen trabajo. Nadie come mermelada como tú.

—Pues fue una decisión acertada. Me comía el último bocado cuando descubrí el cabo suelto. Lo vi desde la cocina.

Karim entreabrió con precaución las cortinas y señaló un punto indefinido en el departamento de enfrente:

—Aquélla es la ventana de Le Rouge. Tenía un telescopio en una mesita junto a la ventana. Adivina a dónde apuntaba el aparato.

—¿Hacia este hospital?

—Es correcto. A las ventanas del último piso.

—¿Dos pisos arriba de éste?

—Cinco pisos más, para ser exactos. Estás en el primer piso, Le Noir, se nota que no tienes ni idea de dónde te encuentras.

—Diablos.

—¿Cuándo te darán de alta?

—No sé. No me lo han dicho.

—Pues ya debo irme. Me encargaron una misión de mayor prioridad.

—Ah, entiendo. Gracias por notificarme que soy de segunda importancia. Antes de que te vayas, ¿puedes devolverme la joya?

—Tienes razón, lo olvidaba.

Mi amigo extrajo el amuleto de mi abuela de la bolsa interior de su traje, desenvolvió el pañuelo y me lo entregó.

—¿Sabes algo? De algún modo me sentía bien acompañado por ella. Pero también tuve una racha de pesadillas que no le deseo a nadie, así que es un alivio devolverla a su dueño. Nos vemos, viejo. No te transformes en un monstruo, ya hay demasiados.

Cuando se fue, me dediqué a examinar la joya que me heredó mi abuela. ¿Por qué interesaría tanto al doctor y al comisario? Lo único que pude comprobar fue que el talismán aumentaba de temperatura cuando lo tomaba con la mano izquierda. En cambio, cuando lo apretaba con la diestra se mantenía frío, casi helado, por más esfuerzos que hacía para entibiarla.

Y aunque Le Bleu estaba afuera, en el pasillo, tenía el presentimiento de que cada minuto que pasaba en el hospital, el riesgo aumentaba para mí. Imaginé al jabalí que había jurado matarme. Imaginé al asesino extranjero que me buscaba, siguiendo mi rastro por distintos puntos de la ciudad. Los imaginé girando en círculos alrededor del edificio, cada vez más cerca de la entrada. Los imaginé llegar hasta la puerta de mi cuarto, y entrar, y desatar una carnicería.

Pensaba en eso cuando la más joven de las enfermeras, la de sonrisa radiante, vino a revisarme de nuevo:

—¿Cómo se siente hoy?

—Mucho mejor.

—Qué bien. Mi turno va a terminar en unos minutos, pero antes de irme quisiera saber si necesita algo.

—Quisiera un ejemplar de *El conde de Monte-Cristo*.

—Sin duda tenemos uno por ahí.

Minutos después me llevó un volumen de mil quinientas páginas. No recordaba que fuera tan extenso. Me pareció tan largo como *En busca del tiempo perdido*, la novela en siete volúmenes que se había puesto de moda en los últimos años y que todo el mundo estaba leyendo en París.

Las novelas de Dumas las devoré de niño, en unas vacaciones de verano. Mi abuela tenía copias de *Los tres mosqueteros* y *Veinte años después*, encuadernadas en muchos volúmenes pequeños, y cada dos días yo agotaba tres o cuatro tomos e iba a ver a mi abuela para que me entregara el siguiente paquete.

Revisaba la primera parte de *El conde de Monte-Cristo*, la historia de su encierro injusto y su espectacular evasión de las mazmorras de If, cuando Le Bleu se asomó:

—Te busca tu novia.

Para mi regocijo, era Mariska:

—¡Por fin despiertas, Pierre!

Llevaba un vestido y un sombrero negros, hechos de ese terciopelo que tanto le gustaba.

—¿Puedo abrir las cortinas?

—No se ve la luna, ¿verdad?

—Hay demasiadas nubes.

—Entonces hazlo, no hay problema.

—Los dejo solos —Le Bleu cerró la puerta tras de sí.

Mariska entró con su andar de pantera y se sentó a los pies de mi cama. Me sentí mejor de inmediato.

—Pobre de ti. Supe que mataron a Le Rouge. ¿Cómo te sientes?

—Como la res que espera su turno en el matadero. Mi atacante escapó y no han podido encontrarlo. Y alguien le puso precio a mi cabeza. Trajeron a un asesino del extranjero para encargarse de mí. Quizá no volveremos a vernos —apenas logré sonreír.

—No digas eso.

Mi amiga me abrazó con tanta fuerza que sentí su corazón palpitar. En eso, mis labios tocaron su cuello por azar. Mariska se puso de pie y fue a explorar la habitación. Tomó el libro de Dumas, muy extrañada:

—¿Te interesa este libro por la trama, o ya sabes leer entre líneas?

—¿A qué te refieres?

—Por lo visto, no sabes leer entre líneas. Olvídalo.

E intentó cambiar de tema, pero no la dejé:

—Espera, ¿qué significa exactamente "leer entre líneas"?

—Ya lo sabrás cuando llegue el momento —desvió la mirada—. ¿Te sientes mal, Pierre?

—¿Cómo lo sabes?

—Porque te lanzaron un maleficio hace siete días y no parece que estés mejorando. Exactamente, ¿cómo te encuentras?

—Siento una especie de gran vacío en el pecho —suspiré.

—Pobre de ti. El ser que te atacó acostumbraba emplear cierta brujería contra sus víctimas... es muy probable que te haya robado el alma.

—¿Qué debo hacer?

—No te preocupes tanto por ella. Debe seguir por allí, extraviada como un niño perdido, en algún callejón de esta ciudad.

—¿Cómo puedo recuperarla?

—No será fácil. Pero mientras tanto tienes que tomar precauciones, no puedes andar por la vida sin ella.

En ese instante, Le Bleu abrió la puerta y entró. Nos incorporamos de un salto al ver que tenía un arma en la mano.

—Señorita, tendremos que acortar su visita por razones de seguridad.

—¡Pero acabo de llegar!

—Debo pedirle que se retire.

—¿Qué pasa, Gastón?

—Tú vístete y prepárate para salir... Vimos movimiento preocupante a unas calles de aquí, de modo que te llevaremos a otro lugar.

—Uf, por fin.

Mi colega salió y cerró la puerta de nuevo. Cuando escuché sus pasos alejarse, me senté en la cama.

—Mariska, necesito tu ayuda.

—Dime...

—Antes de morir, Le Rouge dejó un mensaje. Lo último que alcanzó a escribir fue: "Llamen a Monte-Cristo".

Mi amiga dejó de sonreír.

—¿Conoces a alguien con ese nombre?

—No me hables de él.

—Llévame a verlo. Por favor.

—No tengo ningún interés en acercarme a ese sujeto de nuevo. Además, no vive en París.

—¿Quién es él? ¿Es un asesino?

—Hay quien cree que es un ser generoso y magnífico, hay quien cree que es un monstruo. No seré yo quien te hable de él.

—Pues gracias.

Permanecimos en silencio, enfurruñados.

—Está bien, comprendo que quieres protegerme, no te preocupes. ¿Puedes hacerme otro favor? No te quitará mucho tiempo…

—¿De qué se trata?

—Quiero visitar la habitación que está justo sobre ésta, cinco pisos arriba, y sin que nadie lo advierta.

—De acuerdo —aceptó de mala gana—. Pero será sólo un instante, esos hechizos son extenuantes. Vamos, vístete.

—¿Podrías… darte la vuelta?

—¡Cuánta timidez! —sonrió mi amiga.

Me puse de pie y tomé las ropas limpias que me trajo Karim.

—Estoy listo.

—Muy bien —abrió la ventana y colocó frente a nosotros una de esas velas extrañas con las que acompañaba sus trabajos—. Piensa en el viento que sopla en la calle. ¿Lo sientes?

Justo a la altura de mi habitación, un árbol enorme extendía sus ramas. El viento debió pasar entre ellas porque se agitaron cada vez más. Sentí una corriente de aire muy fresco.

—En este viento vamos a subir. Brinca…

Mariska me tomó de la mano y saltamos.

Aunque la fuerza del viento me impedía ver lo que pasaba, tuve la impresión de que algo nos arrastró por la ventana. Cuando los ojos dejaron de llorarme, alcanzamos la ventana del segundo piso. Vi una especie de quirófano en el que había un león recostado sobre una camilla. Mi amiga me ordenó guardar silencio. Y ascendimos, como dos globos.

Subimos tres pisos más, habitados por pacientes que sólo podían hallarse en ese hospital: esqueletos de sirenas que yacían en cajas de cristal llenas de agua, hormigas nerviosas que subían y bajaban de una mesa de disección y que cuando se agrupaban adquirían la figura de algo semejante a un ser humano; animales que no había visto nunca y que nos dirigieron miradas tenebrosas...

Cuando el edificio se terminaba, mi amiga pronunció una de sus fórmulas mágicas frente a la ventana y ésta se abrió. Tan pronto entramos, Mariska vio con inquietud que la ventana volvía a cerrarse.

—Cuidado: alguien lanzó un hechizo muy poderoso sobre este lugar.

Se me erizaron los cabellos de la nuca. No era un consultorio convencional ni un lugar diseñado para el reposo de los enfermos, sino un salón con un enorme escritorio, archiveros, esqueletos humanos para el estudio anatómico y un tapete oriental que ocupaba el centro de la habitación. Más que detenernos, caímos al piso, y agitamos una nube de moscas. La reacción de Mariska fue instantánea:

—¡Qué espanto! ¡Vámonos de aquí!

Descubrí con horror que buena parte del piso estaba bañada en un líquido pegajoso y que había una cubeta con vísceras sobre la alfombra.

—Restos humanos —Mariska palideció—, alguien aquí se dio un banquete.

Distintas manchas de sangre habían salpicado las paredes y el techo. Como si un pintor macabro hubiera mojado la brocha en la cubeta antes de esparcir el contenido. La simple idea de que existiera alguien capaz de pintar las paredes con ese sistema me heló la sangre.

—¿Por qué me trajiste aquí? —Mariska se limpió las ropas—. ¡Qué horror!

Entonces lo vi.

El sombrero de Le Rouge se hallaba en el piso. Imposible confundir su color ala de cuervo y su forma de hongo… Yo lo había visto mil veces e incluso habíamos bromeado sobre lo pasado de moda que estaba, pero mi amigo se resistía a deshacerse de él. Me incliné a levantarlo y reconocí el nombre de Jean-Jacques escrito en el forro interior. Sentí escalofríos.

—¡Aquí lo mataron! ¡Aquí asesinaron a Le Rouge!

—¡Te escucho, no alces la voz!

—¡Mariska, algo sucede en este hospital! Le Rouge estaba vigilando esta habitación desde el edificio de enfrente y aquí lo mataron. El asesino se encuentra en este hospital. Tengo que avisar al comisario...

Entonces llegué a otra conclusión, aún más urgente:

—¡Le Bleu está en peligro!

—¡Regresemos por él!

—Tranquilízate.

Mi amiga encendió otra de sus velas pequeñas y regresamos a mi habitación.

Le Bleu ya estaba adentro. Al verme entrar, me agarró por las solapas:

—¿Dónde estabas? ¿Cómo se te ocurre salir sin avisarme? ¡La cacería contra ti comenzó!

Y me obligó a mirar por la ventana.

No había nadie, si exceptuamos a un anciano que paseaba a un perro negro enorme y miraba hacia el hospital. Pero al examinarlo por segunda vez sentí que las piernas me fallaban:

—¿Son ellos?

—Siempre viajan de dos en dos. El primero se disfraza de un viejo inofensivo, el otro toma la forma de un perro... algo similar a un perro, esa raza no la verás en ninguna parte del planeta. Y si te ven, si te huelen esos animales será tu final.

A primera vista parecía ser un perro enorme, de pelaje negro o café oscuro, con mechones rizados que caían a los lados de su cuerpo, pero su cabeza era más alta que nuestros enormes buzones de correo. No quería imaginar lo que sucedería si decidía ponerse de pie y me acercaba sus fauces. El animal olfateó hacia nosotros y se sentó sobre la acera.

—Hay que evacuar de inmediato.

—¡Qué horror! —se molestó Mariska—. Perros negros de los Urales.

—Vámonos de aquí.

—No saldremos caminando, ¿o sí?

—Usaremos la puerta trasera. Nos recogerán en una furgoneta de metal reforzado.

Apenas habíamos puesto los pies en el pasillo cuando escuchamos un rugido atroz, que provenía de la planta baja. Como advirtió el doctor Richet: *el gruñido de uno de ellos es atroz, y el de una manada, el horror.*

Le Bleu tragó saliva:

—Nos han descubierto. No hagan ruido.

Poco a poco oímos que alguien movía o tiraba objetos en el piso inferior, y un segundo gruñido, que venía de las escaleras. Le Bleu sacó sus dos armas. Me pasó una de ellas. Tardé en tomarla, porque me temblaban las manos:

—¡Cuánto quisiera que Le Rouge estuviera aquí en este momento!

—Yo también. Pero sólo quedamos tú y yo.

—¿Mariska?

Mi amiga se había alejado unos metros para colocar una vela en el piso:

—No sé si cabremos todos. Cuando les diga, salten sobre ella.

Al oír nuestras voces, los rugidos aumentaron. Entonces los vimos emerger por el cubo de la escalera. Y oí una voz conocida, que se refería a mí:

—Hola, pedazo de carne.

El hombre con aspecto de jabalí que había intentado matarme venía acompañado por varios animales inmensos, con quijadas y pelajes fuera de lo común. Le Bleu les vació el cargador encima, pero las balas no los lastimaron, y seguían avanzando.

Mariska saltó sobre la vela, y un instante antes de que llegaran hasta nosotros, jalé a Le Bleu por un brazo y salté con él yo también.

# 6

## La hermana de la Muerte

Cuando abrí los ojos nos hallábamos frente a un bar muy pequeño, en un callejón larguirucho. Me sentía tan mareado que Le Bleu me ayudó a levantarme del suelo.

—Uf, qué alivio. ¡Qué maldito alivio!

Aunque las luces de neón del anuncio se hallaban apagadas, aún se podía leer el nombre del local: La Estación. Al mirar hacia uno de los extremos de la calle reconocí la bulliciosa Plaza de la Sorbonne: estábamos en la estrecha y siempre agitada calle Champollion.

—Espléndido recurso —Le Bleu encaró a Mariska—. ¿No lo usaste para aparecer a Le Rouge en los Jardines de Luxemburgo?

—Cualquier mago puede hacerlo —resopló mi amiga—. Tú deberías saberlo, Gastón, tienes años en la Brigada Nocturna. Entremos.

—¿No será arriesgado? —se quejó Gastón.

—No te pongas remilgoso ahora —mi amiga

empujó la puerta y entró por un largo pasillo forrado de terciopelo azul. Al final había una segunda puerta metálica. Mariska tocó varias veces, siguiendo un ritmo particular, y la puerta se abrió. Lo que vimos me tomó por sorpresa. Un grupo tocaba jazz en vivo junto a la barra: trombón y trompetas, bajo, piano, violín, batería y dos guitarras gitanas. Unas quince personas bailaban en el centro del bar y dos mujeres competían por hacerlo sobre sus respectivas mesas, pero eso no fue lo más sorprendente que presencié. La multitud estaba formada en su mayoría por muertos vivientes con trajes desgarrados, soldados con uniformes de la Gran Guerra, prostitutas tan maquilladas que parecían pintadas por el mismo Toulouse-Lautrec, lobos, gacelas, mamíferos horribles que andaban en dos patas, y por supuesto, carteristas y charlatanes que asediaban a los distraídos. El bajo mundo no descansa ni siquiera en el otro mundo.

Cada detalle del local me resultaba desconcertante. Los nombres de las bebidas, por ejemplo, estaban grabados en latín, y el símbolo que designaba a cada una de ellas consistía en huellas de animales extraños, con más dedos de los que cabría esperar. Tuve que agacharme para evitar a un equilibrista que lanzaba cuchillos al otro extremo del local, donde un colega suyo los atrapaba y los lanzaba de vuelta. El sitio estaba tan lleno que era difícil moverse.

—Necesitaremos magia para encontrar un lugar —ironizó Le Bleu.

—Hago magia, no milagros —refunfuñó mi amiga.

Apenas me acostumbraba a la iluminación cuando gritaron mi nombre: Karim me hacía señas desde la barra, junto a un grupo de personas que se caían de borrachas. Corrimos a instalarnos ahí y el camarero limpió un espacio de treinta centímetros frente a nosotros. Para mi sorpresa, la barra se expandió metro y medio y aparecieron tres sillas altas, de modo que pudimos sentarnos con comodidad.

—Buenas noches, ¿qué van a tomar?

—Cervezas para los señores, lo de siempre para mí —Mariska sonrió al camarero y éste le sirvió un licor color esmeralda.

Karim estaba extrañado:

—Hey, Pierre, ¿qué hacen aquí? ¿Ya te dieron de alta?

—Escuchen —nos interrumpió Le Bleu—, debo reportar al jefe lo que ha sucedido. ¿Dónde está el teléfono? —se dirigió al mesero.

—En aquel pasillo, señor.

—No se muevan. No tardaré.

—¿Por qué saliste del hospital? ¿No sabes el riesgo que corres? —me regañó mi colega.

Le resumí mis hallazgos: por poco se le cae la quijada cuando le conté que habían matado a Le Rouge en ese hospital, y sin duda a otras personas.

—Con mayor razón no deberías estar en un sitio público. ¿Ya te dijeron que tu cabeza tiene precio? Hay un asesino extranjero en busca de ti.

—Sí, me lo contó el jefe. ¿Hay algo nuevo?

—La ciudad está llena de espías. Si ves a un viejo con un perro negro, estás en problemas, muchacho.

—Ya los vi. Hace rato.

—¿Y lograste escapar? Tuviste mucha suerte, Pierre. Esos tipos son muy peligrosos. Deberías esconderte. Por lo menos inténtalo.

Los acompañantes de mi amigo soltaron una carcajada. Entonces comprendí que quienes cantaban y bebían en la barra eran los fantasmas de Scotland Yard, disfrazados de civiles.

—Karim, ¿qué hacen ellos aquí?

—Pregúntale al jefe —Karim tenía ante sí una limonada, que bebía con un popote—. Las órdenes fueron: sírveles todo el alcohol que pidan y no los dejes salir… Pierre, no pierdas tiempo: vete de aquí. Estás en peligro.

—Ésa es la idea —le aseguró Mariska—. Sólo esperamos el próximo tren.

—¿Tren? ¿Cuál tren?

—Dios mío, Pierre, ¿qué no conoces la línea vieja del transporte nocturno?

—Mariska —Karim se acercó a mi amiga—, si no se van ahora mismo, haz algo para ocultarlo. No podemos arriesgarnos a que alguien lo reconozca.

—De acuerdo, de acuerdo —refunfuñó mi amiga, y me palpó el saco—. ¿Dónde ocultas el amuleto?

Saqué la joya de mi abuela y Mariska dijo unas palabras mientras la tocaba. El foco que estaba cerca de nosotros en la barra chirrió, lanzó un par de chispitas y se fundió. De inmediato fue como si un velo hecho de sombras bajara sobre mí.

—Agradece que existan las tinieblas —mi amiga sonrió—. Y si quieres que alguien te vea, tendrás que acercarte a menos de medio metro.

—¿Soy invisible?

—Claro que no: sólo estás cubierto por las sombras. Si alguien quiere hacerte daño, sentirás que hace un calor espantoso.

—Con su perdón, señorita: la llama aquel caballero —el barman se inclinó hacia la maga.

Un parroquiano muy borracho le hacía señas a mi amiga para que se acercara a su mesa.

—Mira —le dije a mi amiga—. ¿No son los poetas malditos?

—¡Es Robert!

Mariska elevó los brazos, contenta.

—Pierre, ¿te acuerdas de Robert Desnos?

—Por supuesto.

¿Cómo iba a olvidarlo? Lo conocí en la fiesta de los condes de Noailles. Era un tipo muy amable, el más amable de los surrealistas. Tenía una enorme facilidad para caer bien a las personas, un encanto que he visto contadas veces en la vida. Lo llamaban "El profeta del surrealismo" porque Breton solía hipnotizarlo, lo ponía en trance y Robert improvisaba los poemas más espectaculares que puedas imaginar. A veces decía que no era él quien hablaba, sino el fantasma de una mujer, una tal Rrose Sélavy, y en esos momentos su voz se volvía agresiva, irritable, y lanzaba profecías sobre sus amigos, como si tuviera un contacto en el Más Allá. Pero esa noche en La Estación, Desnos apenas podía mantenerse en pie. Y sus acompañantes se encontraban peor.

—¿Quiénes son ellos? —susurré.

—Algunos fueron surrealistas, otros son dadaístas. Lo único que tienen en común es que todos se disgustaron con Breton: Théodore Fraenkel, Philippe Soupault, Max Moritz, Michel Leiris. Aquél es Alejo Carpentier, un cubano —Mariska se inclinó hacia mí—. No entiendo cómo Robert puede vivir así, entre dormido y despierto… ¿Ves las ojeras tremendas que tiene?

Antes de que pudiera detenerla, Mariska caminó hacia ellos:

—¿No vienes?

—Estaré unos pasos tras de ti. No me parece prudente…

—Como tú quieras…

Mi amiga se sentó junto a Robert, yo jalé un taburete y me instalé a sus espaldas. Hubiera dado igual que me sentara en la mesa: prácticamente no me miraron, concentrados en admirar a Mariska —o sería que las tinieblas hacían su trabajo—. Sólo el más joven de entre ellos, el tal Leiris, se inclinó en mi dirección y me lanzó una mirada de suspicacia. ¿O sería su expresión habitual? Como sea, Leiris, que tenía una frente enorme y un par de ojos claros, como asentados tras la caverna que formaba su ceño, me clavó una mirada de inquisidor por un largo instante.

—Hay una persona ahí, detrás de Mariska —dijo Leiris.

—Pues sírvanle un trago.

—Eh, no podemos quedarnos —trató de disuadirlos Mariska, pero fue imposible.

Desnos giró la cabeza en mi dirección y se inclinó hacia mí con el ceño fruncido. Por fin sonrió y me jaló por el brazo:

—Menos mal que es usted. Por un momento pensé que era el asesino…

—¿A quién se refiere?

—Al asesino de mujeres de Londres. Al asesino invisible.

—¿Perdón?

—Jack el Destripador, viejo. No me obligues a repetir su nombre en público. Ya está por aquí.

Todos los poetas guardaron silencio y quedaron expectantes de las palabras de Robert. Mi corazón quería saltar de mi pecho:

—¿De qué estás hablando, Robert? —Mariska y yo examinamos con inquietud a los parroquianos.

—La bestia de Whitechapel. Se ha mudado a París.

Y nos contó que hacía unas horas, al salir del periódico en que trabajaba, el *Paris-soir*, Desnos se dirigía al barrio latino para cenar con sus amigos. De pronto, en la parte más oscura de la calle Pot-du-Fer, alguien pronunció su nombre.

—Señor Desnos… Quiero hablarle de Jack el Destripador.

Desnos se dio media vuelta, asustado: a lo largo de esa semana había recibido una serie de cartas anónimas, donde un lector del diario insistía en hablar con él sobre los once espeluznantes crímenes que sucedieron en Whitechapel hace casi cuarenta años. Desnos había publicado una serie de artículos sobre el tema, artículos que provocaron enorme revuelo entre los suscriptores, así que suspiró y miró a su informante: se trataba de un viejo inglés, de largos bigotes blancos, que insistía en hablar del famoso asesino. Desnos trató de excusarse, pues en su profesión abundan personas desorientadas e insistentes, pero el viejo, que se mostraba tranquilo y seguro de sí mismo, le reveló algo inesperado: "¿Sabe por qué no detuvieron nunca al asesino? Porque era un hombre invisible, como el que describió H. G. Wells. Piénselo: la novela de Wells se publicó diez años después de Whitechapel, cuando el escritor había tenido tiempo de investigar y asimilar lo ocurrido... El asesino no fue encontrado nunca porque se hacía invisible a voluntad. Cuando él quiere, bum, se esfuma, y así ataca, así huye de la policía. Ahora está en París. Y desea continuar". Robert le pidió al viejo que se identificara, y éste le mostró un pasaporte a nombre de William Goat-Child, un fotógrafo galés jubilado, y aseguró que tenía evidencia sobre el tema: "Logré tomarle una fotografía, cuando se hizo visible". Le entregó a Desnos un sobre con material y le rogó que lo difundiera: "Por el bien de sus compatriotas". Robert se disculpó como pudo y se retiró. Pero horas después, al final de una sesión con los surrealistas, una reunión en la que Breton lo hipnotizó y lo sumió en un sueño profundo, y una vez ahí le ordenó que invocara al misterioso personaje de Rrose Sélavy, que ya había aparecido en otras ocasiones, a fin de que improvisara nuevos poemas para los presentes, pero de repente todo salió muy mal, "como si algo macabro se hubiera apoderado de mí", y Desnos discutió con sus amigos, se sintió insultado por un comentario inocente de Max Ernst, y antes de que los poetas pudieran reaccionar, Desnos tomó un cuchillo afilado y persiguió a Ernst a lo largo y ancho de la casa, hasta que Breton y los presentes lograron someterlo y quitarle el arma, en medio de una trifulca muy grande, al final de la cual Breton tronó de rabia contra Desnos y juró que jamás volvería a hipnotizarlo, porque de un tiempo a la fecha el poeta hacía lo que quería, como un verdadero salvaje, y no obedecía órdenes, pero de eso, decía el poeta, de eso no recuerdo nada; dicen que yo sólo repetía sin cesar un juego de palabras que era broma y advertencia al mismo tiempo: "Las leyes de nuestros deseos son dados que no descansan";* luego de esa sesión, regañado y castigado, Desnos convocó a otros escritores que habían reñido con Breton, se instaló en La Estación, convencido de que André pensaba expulsarlo del grupo, y bebió, bebió toda la noche, y cuando nosotros llegamos seguía bebiendo mientras contaba sus penas.

—Llamé a mi jefe en el diario y se rio de mí. Ofrecí el material al *Paris-soir* y lo rechazaron. Pero

---

* *Les lois de nos désirs son des dés sans loisir.*

la angustia del viejo inglés era real. ¿Qué se supone que debo hacer con esto?

El poeta tomó un sobre amarillo, que descansaba sobre una silla, lo abrió y nos mostró una serie de fotos que parecían intrascendentes. En un primer vistazo pude apreciar que un hombre de cejas oscuras y abundantes patillas, con el cuello del saco alzado y la mayor parte de la frente cubierta con un bombín de ala ancha, miraba con expresión malsana algo a lo lejos mientras bebía en una terraza. En un segundo vistazo reconocí el lugar: se trataba de un pequeño café, ubicado en un cruce de callejuelas frente a los Jardines de Luxemburgo. Y entonces por poco me caigo de la silla: sentado en esa misma terraza, a unos pasos del sospechoso, mi amigo Le Rouge fingía leer un periódico, pero era evidente que vigilaba al hombre de la mirada turbia y las patillas espesas. Tuve que aclararme la garganta para preguntar:

—¿De cuándo son estas fotos?

—No lo sé. Debe estar indicado al reverso.

La foto estaba fechada dos días antes de la muerte de Le Rouge. Justo el día que mi amigo dejó de ir a la comisaría. Mariska comprendió que habíamos dado con algo importante y se inclinó sobre el poeta:

—Robert, ¿puedes prestarme estas fotos?

Desnos asintió y tomé el material. En ese instante Soupault se inclinó hacia mí y me clavó una mirada tenaz. Habría sido magnífico para interrogar sospechosos:

—Todos aquí estamos esperando a que Robert se caiga de sueño, pues cuando Robert duerme y habla, uno tiene la impresión de escuchar a los dioses. Y usted lo está distrayendo... ¿Sabe qué dijo ayer Robert, en la sesión de hipnosis, poco antes de perseguir a Max Ernst? "El tiempo es un águila ágil que entra a un templo". ¿No le parece genial?

—Sí.

—Entonces no lo distraiga —Soupault me sonrió—. Robert sabe que la hermana de la libertad es la muerte, y sabe también que quien quiera alcanzarla a ella corre el riesgo de encontrar primero a su hermana... y sin embargo, es de los temerarios que no dudarían en tomar el camino más corto con tal de alcanzar la mayor libertad.

—A la salud de Robert —dijo Mariska, y nos levantamos de allí.

Le Bleu y Karim saltaron tanto como yo al descubrir a Le Rouge en la foto:

—Por fin tenemos un rostro. Ya no es imposible detener al asesino. Bravo, Pierre —Le Bleu me palmeó un hombro—. Hay que llevar esto al comisario. Que la haga circular.

—Claro, pero cruzar la ciudad así, con esos perros negros y esas bestias allá afuera, es imposible para Pierre —Karim sorbió su limonada.

—Es verdad —asintió Le Bleu—. Yo me encargo.

—¿Por qué tú?

—Porque tú, Le Noir, ya tienes a un grupo de asesinos tras tus huellas, y aunque tienes un amuleto poderoso, no sabes usarlo —bromeó mi colega—. Yo tengo más experiencia con ese tipo de animales.

Y se dirigió a Mariska:

—¿A dónde piensas llevarlo?

—Al estudio de un amigo, en la calle Rivoli. Está protegido.

—¿Tiene teléfono?

Mariska asintió:

—No es mala idea —reconoció Le Bleu—. Tan pronto lleguen allí, notifiquen al comandante su posición.

El camarero, armado con una cuchara, golpeó una docena de veces una campana dorada que colgaba sobre la barra:

—¡Ya nos vamos!

Acto seguido, una puerta ubicada junto a la barra se abrió. Algunos de los presentes dejaron billetes sobre la mesa para saldar sus cuentas y entraron por ella.

Mariska se dirigió a Le Bleu:

—Ve, Gastón. Aprovecha tú el primer viaje.

Mi amigo comprendió que tenía razón:

—No olviden llamarme en cuanto lleguen, ¿de acuerdo?

Y se retiró, pero antes me entregó un cargador lleno de balas.

—Espero que no lo necesites. Suerte, Pierre.

Y cruzó la puerta.

—Cuando vuelvan a sonar las campanadas, nos tocará viajar a nosotros —me explicó Mariska.

Karim meneaba la cabeza, como si reprobara cada palabra que yo decía:

—¿Y bien, Karim? ¿Qué te pasa? ¡Averiguamos quién mató a Le Rouge!

—No lo entiendes, ¿verdad? Esto confirma que el asesino extranjero que está tras tus huellas es Jack el Destripador. Piénsalo. Yo en tu lugar me estaría desmayando de miedo. Un sujeto invisible, habituado a matar con un cuchillo muy largo, y a asestar cerca de cuarenta cuchilladas...

Tuve que tragar saliva.

Al ver a Mariska, los fantasmas nos indicaron a señas que nos acercáramos a la barra.

—¡Hola, detective! —gritó el teniente—. ¿No lo han mordido los jabalís en las últimas horas?

—¿Los muertos tienen permiso de beber alcohol?

—Claro que sí, fue la orden de su comisario. Debemos esperar aquí a que amanezca.

—No quiere que resolvamos el caso antes que él —se burló el más ebrio.

—Y no estamos muertos —añadió otro—. Sólo nos mudamos al Servicio Nocturno.

—¿Ya redactó su testamento? —me preguntó el teniente—. Hágalo. Se lo digo por experiencia. Véanos a nosotros: uno nunca sabe.

—¿Han averiguado algo nuevo sobre Jack el Destripador? ¿Tienen idea de quién podría ser?

—Los rumores van delante de nosotros. Al principio sostenían que era un carnicero o un trabajador del rastro municipal, alguien acostumbrado a usar cuchillos muy filosos contra el cuerpo de los animales. Luego juraron que era un estudiante de medicina expulsado, después un cirujano emérito, del círculo más alto de la academia, y finalmente apostaron que se trataba de un miembro distinguido de la familia real, señalado por las perversiones sexuales que sostenía en privado. Como dijo el agente Cabrera Infante, Jack el Destripador comenzó como un modesto carnicero y terminó como miembro de la familia real en muy pocos años. La opinión pública le confirió un gran ascenso. No está nada mal.

El más alegre de los fantasmas tomó de las manos a mi amiga:

—Lástima que tengas novio, preciosa. ¿Cuánto tiempo llevan juntos?

—Nos acabamos de conocer —sonrió Mariska—. Es la segunda vez que salimos.

El teniente se puso de pie y antes de que pudiera replicarle, él y sus colegas entonaron una canción abrumadora:

*I'm gonna wash that man right outta my hair*
*I'm gonna wash that man right outta my hair*
*And send him on his way*

Y cuando intenté interrumpirlos, siguieron con el coro, que era aún más ruidoso:

*Don't try to patch it up*
*Tear it up, tear it up!*
*Wash him out, dry him out*
*Push him out, fly him out*
*Cancel him and le-e-et him go!*

Si no han oído a cuatro fantasmas británicos cantando a coro en un bar a medianoche en París, no han oído nada aún. Lástima que no sea posible grabarlos. Puedes tener al fantasma de Caruso cantando en una cabina de grabación y lo único que queda del mejor concierto del mundo es una serie de silbidos escalofriantes, como el sonido que hace el viento al pasar por un tubo. Pero esos cuatro fantasmas ingleses cantaban muy bien. Hasta merecían reencarnar. Fue un instante exquisito: si no hubiera un asesino, o un grupo de asesinos tras mis huellas, todo hubiera sido magnífico. En esto tuve una idea, y me acerqué al teniente:

—¿Le gusta París, teniente?

—Una vez cada cien años no está nada mal. Ustedes tienen el vino, nosotros la cerveza.

—¿Quiere que le cuente algo interesante? Averigüé un par de cosas sobre el asesino invisible...

La borrachera se le cortó de inmediato:

—Que me maten otra vez si no te oigo. Muchachos, presten atención.

—Otra limonada —pidió Karim, y se sentó junto a los fantasmas.

Le dije que había un hospital en París en el cual sucedían cosas extrañas en el último piso... Le dije que Le Rouge fue asesinado allí, y a juzgar por la cantidad de sangre que había en las paredes, no fue el único hombre destripado en ese lugar. Era altamente probable, de hecho todo apuntaba hacia allá, que el asesino de Le Rouge habitaba ahí, y que se trataba del mismo sujeto, o entidad, que mató a cuatro mujeres en Whitechapel varios años atrás... Y era probable, aunque no un hecho, que el famoso falsificador O'Riley hubiese estado también por allí. Le dije que si estuviera en su lugar y quisiera cerrar el caso, iría a investigar.

—Vaya, vaya —el teniente se alació el bigote—. Tendremos que salir a pasear.

—Ah no, no: de ninguna manera. No pueden salir de aquí —se enfureció Karim—, el comisario no lo permitiría.

—No se preocupe, agente Karim: haremos algo mejor. Le Noir —el teniente me miró a los ojos—, si se confirman sus sospechas, y todo indica que así será, no necesitamos ir en busca de Jack, porque Jack vendrá a buscarlo a usted en cualquier momento. Usted necesita del apoyo de Scotland Yard mucho más que cualquier habitante de esta ciudad, así que nos iremos con usted.

—¿Cómo?

—Usted es la mejor carnada que tenemos para atrapar a Jack, jovencito, y además parece tener iniciativa, destreza, intuición: rasgos que todo agente policiaco debe tener. Si no le molesta, y dado que Scotland Yard no se creó para que la encierren en una taberna, mis colegas y yo lo seguiremos paso tras paso, a fin de localizar a ese truhán.

—Oiga —tartamudeé—, tendríamos que pedir permiso a mi jefe…

—Tonterías: aunque McGrau opine lo contrario, tenemos más experiencia que él. Somos la policía más antigua del mundo. Ya conoce nuestro lema: *vigilancia total*. No hay un rincón de Europa en el que no tengamos presencia. Así que Adams, Walker, Ryan, Perkins: sigan al colega, por favor...

—Oiga, no estoy de acuerdo, ¿cómo voy a...?

Pero antes de que pudiera plantear alguna objeción, los fantasmas se desvanecieron en el aire. Y un segundo después, el amuleto que cargaba en el cuello se volvió ligeramente más pesado, como si le hubieran puesto una cucharada de azúcar.

—¿Qué pasó? ¿A dónde fueron?

Mariska tomó mi talismán y lo sopesó:

—Lo siento, Karim. Están en el amuleto.

—¿Qué?

—Son fantasmas, pueden esconderse en cualquier parte. Y sólo ellos saben cuándo saldrán de ahí.

Karim me miró con furia muy mal contenida:

—Estupendo. Ahora sí metiste la pata, Le Noir; el jefe va a castigarme de por vida. ¿Qué explicación le voy a dar al comisario? ¡La siguiente vez espero que te asignen a ti un grupo de fantasmas ingleses!

Y siguió y siguió hasta que nos interrumpió el camarero, con el estruendo de la campana:

—¡Vámonos! ¡Último tren de la noche!

—Es nuestro turno —Mariska tomó su bolso—. Con tu perdón, Karim. Estoy segura de que el comisario entenderá.

Y me llevó a un lugar más seguro. O al menos, ésa fue su intención.

# 7

## Mi dulce refugio

Salimos a una especie de almacén cuyas paredes estaban recubiertas por centenares de cráneos:

—¿Estamos en las Catacumbas?

—En una estación del metro nocturno. ¡Cuidado con las vías!

Y como no distinguía más que un hediondo riachuelo que corría a un par de pasos, Mariska tomó mi mano derecha, la puso en la joya que colgaba de mi cuello y poco a poco una enorme locomotora llena de gente se hizo visible. No había cerrado la boca cuando mi amiga me empujó al interior del primer vagón disponible en ese tren espectral.

Una docena de seres vestidos de negro ocupaba la mayor parte de los asientos. Aunque parecía que podría atravesar a la gran mayoría con la mano si se daba el caso, y de hecho se dio, no sólo había seres nebulosos e irreales, sino zarrapastrosos y tangibles: había dos viajeros con cuernos dignos de un chivo y otro tan cubierto de vello que sólo sobresalían sus colmillos. Además de que todos vestían sacos, bufandas, mallas de colores y sendos sombreros antiguos, el otro detalle que tenían en común es que no había uno solo que no estuviera leyendo. Una de esas personas tenía una botella de tinta abierta en el asiento contiguo y escribía sobre un extraño lienzo con una pluma de ganso.

—¿A dónde nos llevará esto?

Al menos tres de los individuos presentes chistaron con fuerza. Mi amiga me apretó una mano y susurró:

—¡Silencio!

Así que viajamos sin decir una palabra, o casi, hasta que llegamos a nuestro destino. Sólo una vez Mariska habló conmigo en voz baja: cuando un señor de peluca blanquecina con grandes rizos azuláceos entró y se sentó frente a nosotros, mi amiga musitó:

—Rabelais.

El viajero sacó un enorme pedazo de *andouille* del interior de su saco, le dio un mordisco y se enfrascó en la lectura de un enorme pergamino. Cuando percibió que yo lo examinaba, alzó la vista y me dedicó un gesto que, luego lo supe, era de amabilidad —de amabilidad entre los seres nocturnos—, pero en ese momento desvié la mirada. Una campana señaló que llegábamos a la versión nocturna de la estación Ópera, y Mariska me arrastró hasta la puerta. Cuando el vagón se detuvo por completo salimos a una amplia caverna, iluminada con enormes candelabros vacilantes, las paredes cubiertas por gruesas cortinas rojas, como las que pueden verse en un teatro. Mariska resopló:

—¡Qué vergüenzas paso contigo! Ésa es la línea que lleva a la Biblioteca Nacional. Todos están trabajando. Ten cuidado —señaló a lo alto.

Una estatua que representaba a una diosa griega giró la cabeza hacia nosotros:

—¡Hola! ¿Puedo saber a dónde van?

—Vamos al este —mintió Mariska—. Al este de Europa. Queremos salir por la estación de Austerlitz.

—Muchas gracias, así lo informaré. Nos pidieron que estemos alertas por si los vemos pasar. Hay una recompensa por el muchacho —la estatua recuperó su postura habitual.

Cuando nos alejamos lo suficiente, recuperé el valor:

—¿Desde cuándo hablan las estatuas?

—Hablar con ellas no es difícil. Lo complicado es saber qué cosas callan y para quién trabajan.

Miré la estatua, que no me perdía de vista, y me despedí con un gesto de la mano.

Luego de confirmar que no había perros negros u otras amenazas a la vista, salimos de la estación Ópera del tren nocturno y caminamos hasta uno de los grandes edificios de la calle Rivoli. Una vez ahí mi amiga pronunció tres palabras frente a la puerta principal y ésta se abrió con una especie de ronroneo. Antes de que pudiera preguntarle a Mariska qué había sido eso, pasamos frente a la casita de la portera, que dormía en su puesto de vigilancia, y no por causas naturales; entramos al edificio principal sin encontrar a ningún vecino en el pasillo, e incluso unos niños que jugaban en el jardín central tuvieron que correr por la pelota lejos de nosotros, a medida que nos acercábamos: Mariska sí que sabía pasar inadvertida. Al llegar al último piso, mi amiga se inclinó a hablar con la manija de una puerta, como si se dirigiera a una mascota. La puerta del departamento se abrió con un maullido y entramos a una exquisita buhardilla, muy acogedora.

—Bienvenido al despacho secreto de Alejandro Dumas.

Una alfombra oriental, un sillón rojo y un par de lámparas dominaban el lugar. Había dos puertas interiores, que conducían a la cocina o al baño de rigor; dos grandes ventanas, flanqueadas por cortinas de terciopelo, y allí donde la pared permitía colgar un ancho mapa del mundo, se hallaba un escritorio sencillo pero muy antiguo, en cuya superficie descansaban un par de cuadernos, una botella de tinta, una caja con sobres y papel para cartas.

—Dumas venía aquí cuando los acreedores, sus amigos o sus amantes le impedían trabajar en su propia casa. A mí me gusta venir aquí a leer, es muy agradable, y pocos conocen la existencia de este lugar. Puedes encontrar cosas inesperadas. Mira…

Señaló dos islas del mapa, una en el Caribe, otra en el sur de Francia, ambas marcadas con tinta roja.

—En la primera encerraron al padre de Dumas en un calabozo. La segunda, frente a Marsella, es la famosa isla de If, donde encerraron a Edmundo Dantès, tal como se cuenta en *El conde de Monte-Cristo*. Algunos dicen que Dumas se basó en las historias que le contaba su padre para crear a su personaje más universal. Si la gente supiera la verdad…

—¿Qué quieres decir?

Mariska fue a la terraza y miró al final de la calle:

—Dumas podía ver a los seres nocturnos. Como tú. Al menos durante un corto periodo de su vida, mientras escribía *El conde de Monte-Cristo* y *Los tres mosqueteros*, tuvo esa habilidad. Los rumores dicen que fue gracias a la misma joya que tú ostentas ahora.

"Quizá se la obsequió una de sus amantes, que tenía un pasado peculiar. Quizá la compró al famoso ingeniero Pelletier, amante de la magia, que nunca entendió sus alcances y ansiaba deshacerse de ella. El caso es que cada vez que Dumas usaba esa joya creía enloquecer.

"De vez en cuando Dumas vestía su mejor traje, sacaba la joya del armario, se la colgaba, se subía a su carroza y se iba de fiesta, pero tan pronto salía, creía ver limosneros de edad milenaria recorrer en andrajos las calles de París, sus rostros más cerca de un esqueleto que de un ser humano. Creía ver hechos de sangre en los callejones, provocados por seres monstruosos que devoraban a criaturas indefensas; peleas entre grupos de espadachines fantasmales. Y si debía visitar un barrio o una mansión antigua, ese tipo de visiones se multiplicaban hasta volverse insoportables. Tan pronto bajaba de la carroza, junto a los sirvientes reales, veía criados etéreos que le pedían abrigo y sombrero, figuras vaporosas que giraban alrededor de los candiles, mujeres hechas de humo, de dientes afilados y lenguas dignas de una serpiente, que bailaban toda la noche y elegían un humano para irse con él. Y porque no relacionaba las visiones con la posesión de la joya, esas noches el alcohol era la mejor evasión.

"Una vez, mientras viajaba por Italia, Dumas asistió a una recepción del emperador Bonaparte. Asustado por sus visiones, Dumas luchaba por no desvanecerse de miedo. Poco a poco se sentó a recuperar el aliento a la entrada de una capilla, en el extremo más remoto de la mansión. Estaba ahí cuando comprendió que las brumas tenebrosas que componían la oscuridad caían ante él como las cáscaras de una alcachofa, y una presencia surgía a unos cuantos pasos. 'Qué noche tan agradable, ¿no le parece?', se oyó una voz muy ronca.

"Era un soldado alto y tan ancho como un toro, vestido como uno de los guardias que cuidaban a Napoleón. Tenía el cabello muy largo, largos los bigotes y larga la barba triangular, y para tranquilidad del escritor, no tenía afilados colmillos —o no los mostró. Pero ningún soldado podía invocar la oscuridad más profunda y cubrirse con ella, tal como hacía ese individuo. El recién llegado caminó hacia Dumas con una copa en la mano y se sentó en el banco más próximo: 'Usted es el escritor', le dijo el soldado, 'he leído sus libros y fui a ver una de sus obras de teatro. No están mal para un ser humano'.

"'Usted escribiría algo aceptable desde todos los ángulos si tuviera mayor experiencia en las cosas de la vida, aquella que sólo proporciona el tener al menos trescientos años de edad. Es una pena que ustedes vivan tan poco tiempo. Si contara con ese conocimiento del ser humano, usted tendría el más sorprendente de los estilos, porque haría las observaciones más insólitas y concisas sobre sus personajes, sea que provengan del pueblo o de la realeza.' '¿Tiene algo que contar sobre la realeza de Francia?', preguntó Dumas, y el visitante respondió: 'Amigo mío, puedo contarle por qué se establecieron las alianzas más insospechadas entre varios países europeos. Las pasiones y los secretos mejor guardados. Las máscaras empleadas. Sobre todo, la pasión. Yo podría contarle todo eso a cambio de un pequeño favor'.

Dumas respingó: '¿Qué es lo que busca? ¿Dinero?'

"'Eso no me interesa. Puedo tener tanto como desee.'

"'¿Qué quiere?'

"'Que me deje añadir, con tinta invisible, algunas líneas en el libro que usted va a publicar. Sólo los seres nocturnos podrán leerlas. Usted publicará novelas, que tendrán gran difusión, y yo escribiré unas cuantas líneas, dedicadas a los seres de mi especie, sin interferir con su libro. Su éxito será descomunal.'

"Dumas extendió la mano y le mostró la muñeca:

"'Si tengo que firmar con sangre, estoy listo, caballero.'

"Y el visitante añadió:

"'No soy Mefistófeles. Con un apretón de manos será suficiente.'

"Y así empezó una gran relación —dijo mi amiga.

—¿Dumas tenía un informante entre los seres nocturnos? ¿Es verdad?

—Tan cierto como que tu abuela te regaló una joya legendaria que perteneció al escritor.

Oímos un ruido extraño a lo lejos. Mariska miró por la ventana:

—Debo salir y lanzar varios hechizos en los alrededores si queremos despistar a los perros negros. Volveré en un par de horas.

—¿Te vas?

—No te preocupes: pocos conocen este sitio. Si no sales a la calle, estarás a salvo. Debo darme prisa. Pero primero hay algo que debes saber...

Mariska tomó un ejemplar de *El conde de Monte-Cristo* que se hallaba en el librero contiguo, una edición enorme y muy ancha. Lo colocó abierto sobre el escritorio y señaló el primer párrafo.

—Lee el arranque de la novela...

El libro decía: "El 24 de febrero de 1815, el vigía de Notre-Dame de la Garde señaló los tres mástiles de *El Pharaon*, proveniente de Esmirna, Trieste y Nápoles".

Mariska sonrió:

—Ahora coloca tu joya encima y vuelve a leer.

Me acerqué al libro abierto y puse la joya sobre él.

De repente, otras frases, escritas en tinta azul, surgieron entre los renglones y aparecieron sobre las frases impresas. El nuevo texto decía: "Memorias de los hechos sobrenaturales ocurridos en Francia, durante el regreso del emperador Napoleón".

—¿Qué fue eso? ¿Estoy soñando?

—No es una ilusión. Continúa.

Y volví a colocar el talismán sobre el libro abierto. Las letras azules surgieron de nuevo frente a mí:

"De entre todos los seres nocturnos que han buscado la ruina de Francia, ninguno ha sido tan despiadado como aquellos llamados Kiefers, en Alemania; Quijadas, en España. Su técnica de combate es la falta de misericordia; su política, la ausencia total de lealtad. Rompen todas las reglas y acuerdos existentes entre los seres nocturnos y aseguran que su vocación es someterlos a todos. Sus poderes sobrepasan a los de la mayoría de los monstruos existentes; su arrojo es impresionante; su fiereza, legendaria; su destreza con las garras no tiene igual. Pero tienen tantas debilidades que aquel que las conozca no tendrá dificultades para vencerlos."

La joya irradiaba una discreta luz roja. Tuve que interrumpir la lectura:

—¿Qué sucede?

Mi amiga acarició el amuleto:

—Algunos libros ocultan en su interior otros libros. Las historias que cuentan en secreto a veces son mejores que el libro original. Ahora puedes leerlos, gracias a esa joya.

Mariska se alejó del escritorio:

—Aquí tienes, bajo el texto de Dumas, el relato de uno de sus informantes: el famoso Monte-Cristo, a propósito de los jabalís que te persiguen... los famosos Kiefers.

Mariska me ofreció el teléfono:

—¿Por qué no les avisas a tus colegas que estás a salvo?

Y tenía razón, así que marqué el número de la Brigada Nocturna. Atendió Sophie, la secretaria del jefe.

—¿Estás bien, Pierre?

—Sobrevivo. ¿Le Bleu se encuentra bien?

—Está aquí, con nosotros.

—Menos mal. ¿Te contó Le Bleu del hospital?

—Sí, ha sido un día muy extraño. Ya fueron a investigarlo. Jamás había sucedido algo semejante: nadie se había atrevido a atacar a otros seres nocturnos dentro de un nosocomio. Quien los atacó rompió una tregua milenaria. Y no encuentran al doctor Richet… Ahora tengo que colgar: estamos en medio de una emergencia.

—¿Qué sucede?

—Un grupo de jabalís está causando destrozos por las calles.

—¿Jabalís?

—Como el que te busca a ti. El comisario ordenó que te quedes donde estás. Que te reportes cada hora, en punto, y que no salgas a la calle.

—Entendido.

—Cuídate.

Y colgué, sin muchas esperanzas.

—¿Todo bien? —inquirió Mariska.

—No. Ellos están peor que yo.

—Mariska, ¿dónde puedo encontrar a Monte-Cristo?

Mi amiga suspiró:

—Ay, Pierre: pensé que nuestra amistad duraría más. Siéntate —me acercó un taburete y puso la cafetera entre nosotros—. El ser que estás buscando quebrantó todas las leyes europeas y está pagando por ello. Lo han obligado a vivir en tres prisiones diferentes. En dos ocasiones logró evadirse, volvió a París y provocó masacres espantosas. Al final lo obligaron a permanecer en la isla de If, y no ha conseguido escapar. Que yo sepa, sus secuaces han ido a verlo en secreto, a fin de ayudarlo a escapar, pero nadie lo ha conseguido, pues la vigilancia es feroz. Se ha vuelto irritable y rencoroso. Por una vez, todas las fuerzas del otro mundo están de acuerdo en que no desean verlo en Europa. Es el caos en persona. Sería muy peligroso.

—¿Lo desterraron?

—Lo maldijeron. El mar se levanta cada vez que intenta escapar.

—¿Es imposible acercarse?

—Llegar es fácil. Pero nadie ha regresado de allí. Dicen que de un tiempo a la fecha es él mismo quien mata a sus visitantes, sólo por diversión. No va con la idea que tengo de él, pero en estos tiempos no metería las manos al fuego por nadie.

—¿Cómo podría interrogarlo?

—¿Interrogarlo, a él? ¿Estás loco? Si acaso lograras llegar hasta él, sería él quien haría las preguntas. Y trataría de convencerte de que lo ayudes a salir de la isla, y que le entregues la joya. También, estoy segura, tendría la entrevista contigo al atardecer, que es cuando suele almorzar. Tú cometerías un error mortal si vas a buscarlo: no te muevas de aquí. Te prestaré una cadena muy especial que mantendrá el talismán alrededor de tu cuello. Una vez que yo te la cuelgue, nadie podrá retirarlo de allí, salvo que tú lo permitas. ¿Me permites lanzar ese hechizo?

—De acuerdo.

Le entregué la joya y vi cómo la engarzaba dentro de un pequeño y resistente collar dorado. Tan pronto lo hizo, la cadena adoptó el mismo color que la piedra. Mariska bisbiseó unas palabras en mi dirección y me colgó la cadena. Mientras lo hacía, nuestros rostros quedaron muy, muy cerca.

—¿Oíste ese ruido?

Un extraño rumor llegaba de lejos.

—¿Alguna manifestación, quizás? —aventuré. Pero mi amiga fue a mirar por la terraza, con expresión preocupada:

—No es un ruido normal. Escúchame, Pierre: necesitas salir de esta ciudad del modo más veloz y discreto.

—¿A dónde? ¿Cómo?

—Por la torre de Saint-Jacques, por supuesto. Es la única manera en estos casos.

—¿La torre de Saint-Jacques?

—¿No te enseñaron eso en la policía?

Agitó su bella melena, fastidiada. Entonces tomó un delgado librito: *Mapa del transporte nocturno de la ciudad de París*, y me lo arrojó:

—Ahí está todo lo que necesitas saber.

Entonces sacó un puñado de viejas monedas de su bolso y me las entregó.

—Con esto tienes para pagar tu viaje de ida y regreso. Aguarda a que cese el sonido de las sirenas, y entonces márchate.

Una ambulancia salió de alguna calle cercana con la sirena encendida y la oímos dirigirse hacia el Sena. Cuando el ruido se apagó, Mariska hurgó en su bolso de mano:

—Toma —me entregó una pequeña bolsa de tela—. Ábrela.

Saqué un objeto ligero de la bolsa y le retiré dos capas de papel. Resguardaba una vela azul, gruesa como una botella.

—Si te encuentras en peligro, enciéndela. Mientras su llama arda, nadie podrá hacerte daño. Si el peligro es menor, la vela puede arder hasta siete noches seguidas. Siete noches que podrás usar para descansar o reponerte en un hospital, por ejemplo. Pero, ojo: si el peligro es muy grande, o proviene de un ser nocturno muy poderoso, la vela se consumirá rápidamente.

—¿Qué tan pronto?

—Tan pronto como el riesgo que corras. No la pierdas de vista. El tiempo que tarde en consumirse es el tiempo que tienes para escapar.

—Gracias. ¿Debo prenderla mientras me encuentro aquí?

—No es necesario —y tomó su bolso—. Ya me voy.

—Mariska —la tomé por un brazo—, antes quiero decirte algo.

—¿Sobre Le Rouge?

—No, sobre ti y sobre mí.

Me dedicó una amplia sonrisa:

—Ya lo sé.

Antes de que yo pudiera reaccionar, me dio un beso en los labios. El más intenso, el más exquisito, el más sorpresivo pero también el más breve. Iba a corresponderle cuando una niebla azul me obligó a toser, y por supuesto, en cuanto abrí los ojos, la maga se había ido.

# 8

# La invasión

Estaba tan nervioso por todo lo que ocurría que no podía quedarme quieto. Echaba un vistazo por la ventana, veía mi reloj, miraba el teléfono, me pasaban ideas terribles por la cabeza, volvía a la ventana. Cuando comprendí que llevaba más de media hora en ese círculo angustioso, decidí leer entre líneas *El conde de Monte-Cristo*, en busca de información sobre los Kiefers. Literalmente pasé sobre esas páginas como arrastrado por un encantamiento. El primer capítulo terminaba cuando París estaba a punto de capitular ante los jabalís a mediados del siglo xix y las fuerzas de la defensa se hallaban rodeadas por los agresores. Pero llegó de la nada un personaje misterioso, que vivía escondido en el barrio de la Ópera y que sólo al ver la carnicería inminente decidió salir de su encierro y participar.

Nadie sabe de dónde vino, nadie sabe cómo llegó: el personaje que conocían como Monte-Cristo apareció justo antes de la batalla decisiva y se presentó ante los defensores de París —lo que ahora es la Brigada Nocturna— como un ayudante espontáneo. Los generales que componían esa otra brigada esperaban la llegada del atardecer en un edificio cerca del Sena cuando notaron que un ser de espada al cinto y costal en mano apareció de improviso junto al salón en que se encontraban. Se quitó el sombrero e hizo una reverencia a los presentes: "Señores generales, estoy aquí para brindarles un servicio". "¿Quién es usted? —rugieron los generales—, ¿de dónde llegó, quién le permitió entrar a esta sala?" "Mis nombres son numerosos —respondió él—; me han llamado 'El griego', 'El maltés', 'El soldado muerto', 'Lord Wilmore', 'El sacerdote que regala diamantes' o 'La venganza de Dios', pero acordemos que soy Monte-Cristo y que he morado en varias regiones de Europa: los Cárpatos y las islas británicas entre ellas. Serví al emperador Marco Aurelio, estuve en sus guerras, seguí sus órdenes en la última de sus batallas y fui malherido mientras defendíamos su imperio. Caí prisionero de los pueblos que habitaban Sarmatia y por un revés del destino logré escapar de ellos, muy mal herido; quiso la fortuna que entrara en contacto con otros magos y así me convertí en lo que soy. Aprendí a vencer a los Kiefers, entre otras criaturas. Si ustedes lo permiten puedo hacer que sus adversarios caigan como el ser que he traído aquí..." Y al decir esto vació el contenido del costal ante ellos.

Los restos aún reconocibles pero bastante deteriorados de uno de los Quijadas cayeron sobre la alfombra y provocaron conmoción y desorden entre los presentes. Tenían ante ellos por primera vez a la vista el cadáver de uno de los terribles jabalís; conservaba las garras y el pelaje, pero no tenía ojos y estaba flaco y consumido, como si le hubieran arrebatado toda la carne desde el interior, o peor aún: como si un proceso de momificación hubiera ocurrido cuando el ser aún vivía. Más de uno de los presentes tembló ante esa evidencia, más de uno gruñó y enseñó las garras a Monte-Cristo, el recién llegado, pero éste no se movió un ápice, apoyado sobre una de sus rodillas en el suelo, y cuando el primero de los generales se acercó a preguntarle qué quería de ellos, el aparecido confesó: "Quiero ayudarlos a detener a los Kiefers. Estos seres pretenden gobernar la ciudad: quieren devorar a los habitantes y someterlos; desean implantar el mismo régimen de terror e impuestos brutales que han conseguido en tierras lejanas. Hasta ahora ustedes han intentado distintas estrategias contra ellos, pero la superioridad numérica y la naturaleza de los hechizos que los rodean han conseguido proteger a sus rivales. La nobleza que caracteriza a la Brigada Nocturna les impide tomar medidas más radicales, que podrían dañar a la población, y eso es muy respetable. Por eso, señores, quiero compartir con ustedes otra técnica para enfrentar al invasor: la misma que usamos en mi país para repelerlos… Les enseñaré cómo usar mi arma secreta". "¿Y cuál es tu arma secreta, si se puede saber?" El recién llegado sacó la espada más impresionante que jamás habían visto, y también la más inesperada, y anunció: "Tengo conmigo la Llama de San Jorge, la legendaria espada del santo que venció al dragón". Al oír esto, los generales se arrodillaron ante él.

Estaba tan concentrado que tardé en percibir los ruidos extraños y urgentes que venían de la calle. Hacía un buen rato que sonaban las sirenas de patrullas a lo lejos.

Me asomé discretamente por la ventana que daba a la avenida Saint-Michel y vi un camión de bomberos que bajaba hacia el Sena. Corrí a asomarme por el otro lado. Vi la llamarada de humo que venía del río: las personas que se hallaban en la calle miraban con angustia hacia sitios que quedaban fuera de mi vista.

Una señora cargaba a un bebé lloroso y dio vuelta en la primera esquina. Detrás de ella, una docena de parisinos corrían con una expresión de horror en el rostro. La gente les preguntaba:

—¿Qué está pasando?

—¡Corran!

Francamente, deseaba que los anarquistas hubiesen puesto una bomba frente a la policía de París, y que sólo se tratara de eso: un conflicto humano, sencillo de resolver. Pero en el fondo sabía que no era así. Un joven miró hacia atrás, dio un grito y huyó.

Corrí a tomar el teléfono con las manos temblorosas. Llamé a la oficina pero nadie respondió. Entonces intenté comunicarme con el jefe. Respondió Sophie:

—Pierre, estamos evacuando el edificio. Toma tus precauciones.

—¿Qué sucedió?

—Los jabalís. Regresaron a atacar nuestras oficinas. Mataron a un policía, hirieron a otros. Parece que te están buscando a ti.

Pensé en Mariska, que había bajado a la avenida. Si algo estaba ocurriendo, mi amiga se encontraba en primera fila. No pude tolerar la angustia y contra toda recomendación, bajé a la calle. Caminé en contra de la multitud, hasta que vi a un policía desviando el tráfico.

—¡Retroceda! —me impidió el paso—. ¡No puede ir hacia allá!

Ni siquiera me dejó pasar cuando le mostré mi identificación.

—Viejo, nos ordenaron vaciar las calles. Si no te han llamado al servicio, aléjate. Parece que se escapó un tigre… o algo peor. Un animal o grupo de animales de apariencia peligrosa corren libres por las calles de este barrio. Vete. ¡Pronto, pronto!

Cuando finalmente pude moverme, me dirigí a la primera cafetería abierta y pedí el teléfono.

Nadie contestaba en nuestras oficinas. Volví a intentar. Llamé a todos los números que recordaba, incluyendo el de la recepción de Quai des Orfèvres. No obtuve respuesta. Nunca había ocurrido eso. La policía de París nunca dejaba de responder el teléfono.

Seguí marcando, hasta que respondió Le Gray:

—¡Pierre! ¿Estás bien?

—Sí, ¿por qué no habría de estarlo?

—¡Los jabalís entraron a París! ¡Están atacando! Tengo que cortar. Enciérrate donde puedas y no abras a nadie. Estoy con el comisario, dice que estás en peligro, que salgas de la ciudad. Ten cuidado. ¿Dónde te encuentras?

—En la esquina de la calle Rivoli y, déjame ver, la calle Saint-Martin. En el café.

—Mandaremos a alguien para que te ayude a desplazarte. No te muevas de ahí.

—Pero yo…

—¡Tengo que irme!

Mi amigo colgó y me dejó más anonadado y vulnerable que nunca.

El café en que me hallaba era un local diminuto, prácticamente ocupado por la barra. Había una docena de personas de pie, mirando a la calle. Fumaban un cigarro tras otro.

Saqué el libro que me dio Mariska, el *Mapa del transporte nocturno de la ciudad de París*. Si exceptuamos que sus páginas se resquebrajaron un poco, nada sucedió. Le puse el amuleto encima. Las letras azules surgieron de inmediato, y decían: "Estimado señor o señora, ser monstruoso o etéreo: para viajar por la ciudad de París..." y seguía por el mismo estilo durante decenas de páginas. Pero yo no tenía tiempo que perder, así que localicé con ayuda del índice las páginas dedicadas a la torre de Saint-Jacques. El pulso me temblaba cuando coloqué el amuleto sobre ellas. Las letras azules decían: *... en cambio, quienes deseen viajar por la torre de Saint-Jacques, deben buscar a la gárgola que responde al nombre de Pepe el Peregrino. Una vez frente a ella, deben gritar: "Pepe el Peregrino, Duende de los Caminos, ayúdame a alcanzar mi destino". El duende cobrará cinco centavos antiguos por cada viajero y, ojo, no lo llevará a donde el viajero desee ir, sino hacia el siguiente lugar importante en la existencia del viajero: es la virtud de Pepe el Peregrino. Recomendaciones: en cuanto Pepe extienda la mano, darle de inmediato la moneda de cinco centavos; Pepe es muy impaciente. Tampoco lo hagan enojar con comentarios sobre su aspecto, en verdad aterrrador. Repetimos: Pepe es horrible, terrorífico, y odia que la gente se espante al verlo. Es el mayor insulto que pueden hacerle. No hagan enojar a Pepe: nadie quiere* *estar frente a él cuando pierde sus casillas. Cada año flotan en el Sena los pedazos de aquellos que se atrevieron a incordiarlo.*

—Lo siento, pero tengo que ir a mi casa, a cuidar a mi gente —nos espetó el dueño del café, mientras bajaba las cortinas metálicas—. No recomiendo que se queden aquí.

Así que todos los que nos hallábamos en el café tuvimos que salir y buscar otro refugio. Yo estaba en problemas, porque el estudio que abandoné quedaba del otro lado del control policial, sobre la calle Rivoli.

Cuando ponía un pie en la calle me topé de frente con Le Bleu.

—¡Gastón!

—¿Qué estás haciendo? ¿Por qué estás en la calle, haragán?

—¿Has visto a Mariska?

—¿Tu amiga? No la vi por ahí. Hay un caos del demonio.

—¿Qué pasó?

—Peleamos contra ellos pero son muy fuertes y nos arrinconaron. En algún momento incendiaron la sala de juntas. Hirieron a Le Blanc. Eran muchos. El jefe me ordenó que viniera a ayudarte. Ordena que salgas de la ciudad. Te están buscando.

Le Bleu olfateó el aire:

—Espera, espera. Ahí vienen.

Oí el grito de una mujer: algo ocurría en la plaza de Châtelet.

Vi a unas cuantas personas correr. Detrás de ellos, una espesa bruma azul avanzaba a ras del suelo: como si se estuvieran quemando las calles. Pero era algo peor: una manada de perros negros, bastante peludos, corría en cuatro patas alrededor de la plaza.

Como arguyó el doctor Richet: *el gruñido de uno de ellos es atroz, y el de una manada, el horror.*

—Vete. Y ten cuidado con ese tipo —Le Bleu miró a un hombre vestido de gris, que nos observaba desde el otro lado del control policial. La piel se me erizó cuando advertí que arrastraba una mascota de dimensiones gigantescas.

—¡Un perro negro! ¿Qué hacemos?

—Yo iré a distraerlos. Tú debes huir. Por fortuna estás frente al lugar indicado. ¿Sabes viajar por la torre de Saint-Jacques? ¿Sabes llamar a la gárgola?

—Creo que sí… Pero la verdad es que yo…

—Entonces corre. Yo te cubro las espaldas. Adiós, viejo. Cuídate.

—¿Y tú?

—Huye, Pierre. Rápido, ¡vete!

Fue lo último que le oí decir. Le Bleu caminó hacia el hombre de gris y su perro, que se acercaban, y me sentí mortalmente triste y vencido. No sabía nada de Mariska, nada concreto de Karim, nada de la mayoría de mis colegas. Una enorme nube de humo subía de algún lugar junto al Sena. Sonaban las ambulancias, monstruos extraños invadían mi ciudad… Así que crucé la calle en busca del único ser que podría ayudarme.

# 9

# La torre de Saint-Jacques

Empujé la reja que rodeaba a la pequeña plaza y fui a encontrarme con mi destino. Debía encontrar a la gárgola antes de que alguno de los perseguidores advirtiera mi presencia.

Sonaba fácil, pero había al menos cincuenta estatuas alrededor de la base de la torre. Tan sólo en el lado oeste conté veintitrés gárgolas, pero podría haber más, ocultas bajo el hollín muy negro que oscurecía por completo las esculturas. Bajo las figuras más notorias, que sobresalían por estar apoyadas en una larga base de roca, había decenas de pequeños relieves de aspecto monstruoso, que lucían macabros por efecto del tizne. En el lado norte había muchas más: algunas diminutas, la mayoría rotas o incompletas. ¿Y si Pepe fuera una de las gárgolas rotas?, me pregunté, ¿y si su efigie está rota desde hace años? ¿Existiría aún mi vía de escape?

Había una docena de personas dispersas en las distintas bancas del parque: sentí que me seguían con la mirada. De vez en cuando cuchicheaban con gestos de preocupación y comprendí que comentaban lo que ocurría en la ciudad. Bueno, me dije, no hay tiempo que perder. Me planté frente a las escaleras del lado oeste de la torre, miré hacia arriba y me preparé para hacer el ridículo.

Una anciana que arrastraba un carrito de ruedas repleto de verduras se acercaba por el sendero principal con extrema lentitud. Cuando llegó junto a mí me apuntó con el bastón:

—No se quede aquí, muchacho, hay toque de queda. Es peligroso.

—Gracias por advertirme, señora.

—¡Avance! No puede quedarse aquí.

—Me iré en un segundo.

El reloj saltó al último minuto de las ocho. No había un segundo qué perder. Pero no sabía si la invocación funcionaría mientras la anciana estuviera a mi lado.

—Señora, ¿tendría la amabilidad de alejarse?

—Muévase usted, estar en la calle representa un riesgo. ¿Qué no entiende el francés? *¿English? ¿Russki? ¡Polonais!*

Tuve que ignorarla. Alcé la cara y grité la frase ridícula que me habían recomendado:

—¡Duende de los Caminos, llévame a mi siguiente destino!

Pero no pasó nada, como no fuera que la anciana miró a un lado y a otro para ver a quién me dirigía.

—Pepe, ¿estás ahí?

—¿Perdón? —la abuela se sintió aludida.

—Pepe, responde, es urgente.

—¿Se siente bien? ¿Está borracho?

La iglesia más próxima dio la primera campanada. Me pareció oír un rugido en algún lugar del parque.

—Señora, ¡váyase, por favor!

—¿Está seguro de que se siente bien?

Un *clochard* chimuelo, que sonreía beatíficamente mientras masticaba una baguette, sonrió y vino a ver de cerca el espectáculo.

—No es nada, señora, estoy cantando.

—¿Cantando? Yo creo que ha estado bebiendo.

—Con su permiso —me alejé hacia el ángulo sur y volví a invocar al duende, esta vez con real desesperación: a través de la reja advertí que un hombre de negro no me quitaba la vista de encima.

—¡Duende de los Caminos, ven, por favor!

—Creo que está mal de la cabeza… —la anciana se ajustó los anteojos para estudiarme mejor.

Consulté el *Mapa del transporte de París*. Al final de la página dedicada a la torre de Saint-Jacques, concluía: "En caso de duda, busque la estatua de un ángel de metal o esculpido. Pídale que lo ayude y no olvide añadir: 'Por la gracia de Dios' ".

Había un gran ángel de metal sobre la plaza de Châtelet, cruzando la calle, pero dado que mis perseguidores se hallaban por ahí, merodeando, no podía acercarme a ella. Giré alrededor de la torre hasta que hallé dos esculturas que representaban a un par de ángeles armados con espadas, en la parte sur del monumento. Tomé el talismán de mi abuela en la mano izquierda y grité.

—¡Hey! ¡Ángeles! ¿Pueden ayudarme?

Supe que los ángeles me escucharon porque sus narices se inclinaron en mi dirección por un instante y luego recuperaron su posición habitual.

Grité y grité, pero no volvieron a moverse, hasta que recordé la fórmula que sugería el libro:

—¡Hey! ¡Ángeles! ¿Pueden ayudarme *por la gracia de Dios*?

Los ángeles se miraron entre ellos:

—¿Vas tú o voy yo?

—Puff… El último me tocó a mí.

—¡Fue hace cien años!

—De cualquier modo, no me quiero estresar. Este trabajo es muy demandante. ¿Sabes que me duele la espalda?

—*Ça va, ça va.* Voy yo. Pero no estamos en horario de oficina. Los próximos dos te tocan a ti.

—"No estamos en horario de oficina." ¿Pues a dónde pensabas ir, haragán? ¿Se te olvidó que eres una estatua?

—Búrlate, pero te acordarás de mí.

Por fin se inclinó un poco:

—Dime, hijo, ¿qué quieres?

—¡Me persiguen, estoy en peligro, quieren matarme, auxilio!

—Wow, wow, wow, wow. Una cosa a la vez, por favor. No soy un santo para escucharlo todo. Cuéntalo en orden y con calma, hijo mío.

—Unos jabalís... Kiefer, los llaman, me están persiguiendo. Quieren matarme.

—Bueno, en la medida en que su permiso de residencia esté vigente, no podemos interferir con sus actividades. También son criaturas de Dios y pagan impuestos.

—¡Ja! —rio la otra estatua—. ¡Un Kiefer nunca ha pagado impuestos! ¡Están fuera de la ley! ¿Cuándo fue la última vez que leíste las reglas migratorias?

—¿Quieres atenderlo tú?

—No, no, *ça va, ça va*... Haragán.

—¡Vuelve a llamarme haragán y vas a ver dónde pongo esta espada!

—*Ça va, ça va.*

—Perdonen —los interrumpí—, ¿puede alguien ayudarme, por favor?

—¿Qué tipo de ayuda deseas?

—Me persiguen.

—Lo siento. Eso no está en nuestros formularios. Tienes que solicitar una de las opciones existentes.

—¿Cuál formulario?

—¿Cómo? ¿En qué barrio radicas?

—En el quinto.

—¡Puf! ¡Lo hubieras dicho antes! Allá sobran ángeles, ¿por qué vienen a joder aquí? ¿No ves que estamos desbordados?

—Haragán —añadió el segundo ángel.

—Basta, Gabriel: te lo advierto.

—Estoy buscando a Pepe. ¿Saben dónde está?

—¿Pepe?

—Sí, la gárgola.

—Se llama Joseph. Y está en su lugar de siempre.

—Busca en el lado este —el ángel burlón frunció los labios—. Debe estar por ahí.

—¿Cómo lo reconozco?

—Lo siento —dijeron al unísono—, su tiempo en el mostrador ha terminado.

Y volvieron a petrificarse.

Carajo. Por fin había encontrado algo más fastidioso que los fantasmas. Luego de dirigir un par de insultos a los dos ángeles, saqué la moneda de cinco centavos y corrí a la parte este de la torre.

Apenas había avanzado dos pasos cuando escuché un tosido muy, muy, muy ronco a mis espaldas. Como si una locomotora hubiese estornudado a un lado de mí.

La anciana adoptó una expresión de auténtico horror y oí un gruñido horrible. Cuando di media vuelta, una especie de gran tiburón peludo estaba frente a mí. Sus ojos eran color sangre y sus dientes, largos como cuchillos. Estuve a punto de salir huyendo, pero no me moví.

—¿Tú eres el Duende de los Caminos?

—¿Qué quieres? —rugió.

—Lle… llévame a mi siguiente destino.

Parecía que iba a morderme, pero antes bramó:

—¡Cinco centavos! ¡Dame mis cinco centavos!

En el colmo del pánico, le arrojé todas las monedas que portaba. Él se las tragó antes de que cayeran al piso.

—¡Es espantoso! ¡Qué horror! ¡Un monstruo! —gritaba la anciana.

El duende dio media vuelta sobre sí mismo, como un perro que persigue su cola, si podemos llamar cola a algo tan ancho como un vagón de tren. Entonces abrió sus quijadas tanto como fue necesario y me tragó.

# 10

# El viejo del mar

Supe que me hallaba en un cuarto de hotel porque lo primero que vi fue una pastilla de jabón y una toalla sobre la mesa de noche. Me costó un trabajo enorme descifrar las palabras que bailaban sobre ellos. La toalla decía: "La estrella de Marsella".

Tardé en levantarme porque alguien me había cubierto con una gruesa sábana. Eso no representaría ningún problema, de no ser porque habían metido firmemente los extremos de la misma bajo la cama. Me costó trabajo zafar brazos y piernas y ponerme en pie.

Tenía puesta toda la ropa, salvo los zapatos y el saco. Los primeros descansaban a los pies de mi cama, manchando de tierra la sábana, pero el saco se hallaba doblado con gran esmero, como si lo hubiesen planchado y colgado de un gancho. Y algo más: dentro de mi zapato derecho estaba mi cartera, con todo el dinero que suelo cargar. Una nota decía: *sólo tomé mis cinco centavos*. Para ser una gárgola, Pepe el

Peregrino, alias el Duende de los Caminos, era todo un caballero.

Así que ése era el siguiente lugar importante en mi vida. O al menos eso pensaba el Duende de los Caminos.

Sentí que la joya se agitaba un poco. Al principio me inquieté sobremanera pero comprendí que eran los fantasmas. ¡Los había olvidado por completo! En cuanto toqué la joya el teniente Campbell apareció en la habitación.

—Vaya odisea. ¡Qué manera tienen ustedes, los franceses, de viajar!

—Teniente, ¿están todos bien?

—Perdimos a Walker. Asomó más de lo conveniente cuando ese horrible Duende de los Caminos nos engulló. Estaba fuera del talismán cuando el monstruo cerró las fauces. Walker ya había perdido la cabeza una vez, hace más de cien años, pero parece ser que esta vez fue la definitiva. Es una tragedia. Siempre lo recordaremos con admiración…

—¿Cómo puede morir un fantasma?

—No somos eternos, vaya. ¿Qué creía, que las cosas duran para siempre?

—Lo siento mucho. ¿Hay algo que pueda hacer por él?

—Walker amaba la poesía. Si quiere hacer un homenaje en su memoria, tome un libro de poemas y lea en voz alta algo bello en su honor. Haga eso y la muerte de Walker tendrá sentido.

—Así lo haré... cuánto lo siento...

—No se preocupe, Pierre. Estábamos en una misión y conocíamos los riesgos. Recuerde nuestro lema: *Vigilancia total*. Y si me permite un consejo, yo en su lugar me daría prisa si quiere llegar a su destino. *So long, buddy*, ¿o debo decir *au revoir, le collègue?*

Y desapareció.

Los fantasmas siempre me han sacado de mis casillas: nunca se puede mantener una conversación formal con ellos.

Tan pronto me calcé y me puse el saco, me dirigí a la entrada del hotel con todas las precauciones. No había un alma en la recepción. Aspiré muy hondo y salí a la calle.

Lo primero que aprecié fue el rumor de las olas al golpear contra el muelle. *La estrella de Marsella* se encontraba frente a un magnífico muelle, rodeado de bares, restaurantes y cafés. Hermosas mujeres besaban a sus amantes, los oficinistas bebían café y comían *croissants* de pie en la barra, una rusa muy bella enseñaba a caminar a su bebé frente a la mirada extasiada de su padre. Cuando un grupo de niños se organizaba para atrapar a un gatito, un policía se detuvo a espaldas de ellos y cruzó los brazos, fingiendo un disgusto. Pero cuando los niños se sonrojaron, el oficial se puso de rodillas y les explicó cómo atrapar al minino sin asustarlo:

—No lo miren fijamente. Parpadeen. Un gato sabe que eres su amigo si le parpadeas.

El policía parpadeó y el gatito se le acercó, ronroneando. Los niños lo acariciaron por turnos.

Hasta entonces volví a respirar. No había perros negros por ahí, y con un poco de suerte, tampoco jabalís ni asesinos invisibles. Todos mis perseguidores se habían quedado en París.

Y yo estaba en el hermoso puerto marsellés, donde los cafés estaban repletos de personas sonrientes, los restaurantes anunciaban el mejor *bouillabaisse* del mundo y las orillas del muelle estaban atiborradas por un centenar de yates pequeños, buques mercantes y lanchas de pescadores. Un divertido anuncio luminoso con forma de copa de anís recibía de tanto en tanto la figura de una aceituna hecha con luz de neón, que caía al interior de la misma. Y las gaviotas, el grito alegre de las gaviotas.

A tres pasos de mí, un grupo de marineros reía a carcajadas frente al mar. A esa hora ya habían regresado de pescar y celebraban la venta del día. Había varias copas vacías sobre la mesa y uno de ellos le arrojaba trozos de comida a una gaviota. Me dije que si alguien podía ayudarme, eran ellos.

—Buenos días, señores.

—¡Buenos días para los pescadores! —bromeó uno de ellos—. ¡Para los que fueron a trabajar!

—Así es —lo secundaron los otros.

Me dije cuán amable es la gente que vive del mar.

Pero su buen humor duraría poco:

—¿Alguno de ustedes me puede llevar a la isla de If? —señalé a las imponentes rocas negras que se confundían con el horizonte.

Todos dejaron de reír. Hasta la gaviota se atragantó con el bocado.

—¡Largo de aquí! —saltó el más fornido de ellos, un gorilón con los brazos tatuados por completo.

Otro, de larga melena rubia, escupió al piso.

—Yo sólo quiero...

—¡Largo! —insistió el fortachón—. O lo mato aquí mismo.

Al ver que sacó una navaja, me alejé a grandes pasos.

Los marineros que se hallaban en las mesas más próximas desviaron la mirada. Algunos menearon la cabeza.

La joya de mi abuela me quemó en el pecho y noté que un viejo reía a unos pasos de allí.

—Así que usted quiere ir a la isla de If...

—Sí, señor.

—Mire... —señaló mar adentro.

Una mole de nubes oscuras flotaba sobre el enorme peñasco.

—Usted quiere ir allí, de donde nadie regresa. Es un viaje suicida, de grandes riesgos. Pero si eso es lo que usted necesita, yo puedo llevarlo. Conozco a cada corriente por su nombre. Para eso estoy. El mar de Marsella no tiene secretos para mí. ¿Está seguro de que eso es lo que quiere?

—Tengo que ir.

—Ni hablar. Conozco a los suyos: nada de lo que diga podrá detenerlo. Vamos.

—¿Cuánto quiere a cambio?

El viejo me miró:

—Hace años hice ese viaje por primera vez. Nadie quiso ayudarme, pero fui. Y ahora yo voy a ayudarlo a usted, como he ayudado a otros. Cada vez que alguien pide mi ayuda, estoy aquí, en esta punta del muelle. Es extraño el destino, ¿no le parece?

—No sabe cuánto se lo agradezco.

—No me agradezca —escupió—. Estas cosas no se agradecen.

Caminamos hasta la última lancha del muelle. Parecía muy pequeña desde lejos.

—Puedo llevarlo pero usted remará.

Me mostró su mano derecha, cubierta con una venda manchada en el centro con unas gotas de sangre. Noté que tenía un pañuelo, también manchado de sangre, alrededor del cuello.

—No puedo hacer esfuerzos. ¿Está de acuerdo?

—Por supuesto que sí. ¿Cuánto tardaremos en llegar?

—Si usted rema, unas tres horas. Es el único modo.

—Gracias de nuevo.

—Ya le dije que no me agradezca —señaló una cuerda—. Desamárrela.

El viejo se instaló en la parte delantera de la lancha y se caló sombrero y bufanda.

—Ahora, empújela. En cuanto la popa toque el agua, salte a la lancha. Así se hace este viaje.

Seguí al pie de la letra sus instrucciones y no fue difícil dejar el muelle. Las aguas amables de Marsella nos arrastraban mar adentro.

Remé y remé tan fuerte como pude, hasta que nos alejamos de la última embarcación a la vista. Entonces el viejo insistió:

—Dese prisa: debemos llegar al punto en el que ya no podrán detenernos.

—¿Qué quiere decir?

Pero el viejo no reaccionó, ocupado como estaba en mirar mar adentro. Supuse que no alcanzó a escucharme por el ruido del oleaje. Eso, o estaba sordo. Grité hasta llamar su atención y el viejo señaló el horizonte:

—Hay un momento en que las corrientes se cruzan, cerca de la isla, e incluso los más avezados lo piensan dos veces antes de remar por ahí. Allí comienza la niebla, y después, los peñascos.

Tuve una extraña sensación.

—¿Oyó usted algo?

—Debe ser ese hombre —el viejo señaló en dirección del puerto.

Allí, en la punta más extrema del muelle, el marinero de los brazos tatuados me amenazaba a gritos. Otro más a su lado me indicaba que volviera con desesperados gestos de ambos brazos.

—A nadie le gusta que le roben su lancha —el anciano meneó la cabeza.

—¿Cómo dice? ¡Pensé que era de usted!

—No es mía. Hace años que no tengo una nave.

—Oiga, no estoy de acuerdo con esto. Ahora soy cómplice de un robo.

—¿Quiere o no quiere ir al islote? Éste es el único modo. No sea tonto.

Me tragué los insultos. El método no era ortodoxo, pero el viejo tenía razón.

—¿Conoce usted a esos hombres?

—Los veo todas las tardes por ahí.

—Entonces, ¿no hay problema?

—No habrá problema si no nos atrapan.

—¿De qué me habla?

—¿Quiere o no llegar a la isla? Ya se lo dije: así se hace este viaje.

Supuse que el viejo, que los conocía, les devolvería la lancha luego de dejarme en la isla. Durante un segundo sentí a mi viejo amigo, el escalofrío, e incluso la joya de mi abuela se sentía muy caliente. Me dije que debería volver al muelle, pero una mirada insistente del viejo me disuadió de hacerlo, así que me puse de pie e hice señas a los marineros. Les grité que el viejo les regresaría la lancha y volví a remar.

—Es el único modo —insistió el anciano—. Nadie le prestará una lancha para ir hacia allá.

Los siguientes minutos remé a favor de la corriente, en un mar sin olas. Jamás había remado mejor: la nave avanzaba como si estuviera volando. Sin resistencia. Como si el mar fuera un espejo de aceite. Quien haya vivido esa sensación de libertad podrá comprenderme.

Al llegar a mar abierto todo se complicó. Tenía que agarrar firmemente los remos, que se trabaron al chocar contra las primeras olas. Más de una vez, siguiendo instrucciones del viejo, tuve que maniobrar para evitar que la lancha se volcara. En esos casos la nave se alzaba primero por la proa, luego por el centro y finalmente por la popa, como si el mar zarandeara la pequeña lancha. Mis manos dolían. Cuando la primera ampolla reventó en mi palma, el viejo se puso de pie y miró hacia el puerto:

—Tiene que remar más rápido, o esos canallas van a alcanzarnos.

Una embarcación venía hacia nosotros.

—¿Son los marineros?

—Así es. Y el dueño de esta lancha. No quisiera estar en su lugar si nos detienen.

—¿Y usted?

—Por mí no hay problema. Pero si usted quiere llegar a la isla, reme con todas sus fuerzas.

Eso hice durante otra hora. Varias veces sentí que ya no podía más, pero el viejo me convencía de que faltaba muy poco.

—Vamos, vamos. ¿Quiere ir ahí o no?

Hubo un momento en que alcé los remos y los subí a cubierta:

—No puedo más. Me estoy muriendo.

El viejo miró al horizonte:

—Si nos alcanzan no dejarán que se muera antes de que pruebe sus navajas. Dese prisa. Si conseguimos llegar a la niebla, nadie podrá detenernos.

No entiendo cómo no lo había visto antes: un banco de niebla enorme rodeaba los peñascos más próximos.

—Reme, reme todo lo que pueda. Es su última oportunidad.

Hacía buen rato que tenía las manos en carne viva. Y un poco de agua se colaba por una grieta en la parte inferior de la lancha. Pero el viejo sabía lo que hacía. Conocía cada rincón de ese golfo.

—Pronto verá los peñascos. Hay un tiburón grande, que vive ahí abajo. Lo llaman El Canalla. No necesita moverse. Simplemente espera a que alguien caiga cerca de él. Si alguien es tan tonto para naufragar junto a los peñascos, puede estar seguro de que caerá en sus fauces. Nadie puede salir vivo de ahí.

—Gracias por los detalles. Sus palabras me reconfortan.

—¿Qué esperaba de un viaje suicida? No cualquiera se atreve.

Era un viejo delgado y correoso. Pero tenía la postura de un joven.

—¿Cuántos años tiene usted? ¿Sesenta?

Se dedicó a sonreír, pero no respondió.

—¿No me oyó? Tiene que remar más rápido. Debe atrapar la corriente correcta, o la fuerza del mar nos arrastrará hacia el este. Si eso sucede, no podré ayudarlo.

Estaba a punto de desmayarme cuando oí la sirena del buque. Nuestros perseguidores estaban muy cerca. Como yo daba la espalda al continente no podía verlos, pero sabía que estaban allí.

—Deprisa. ¡Cada minuto cuenta!

Tres veces pensé que no podía más y tres veces tuve que olvidar el cansancio. De pronto, el viejo señaló un montón de rocas muy negras. Nos acercábamos a ellas a una velocidad preocupante:

—Casi lo logras. La niebla está cerca. Puedes lograrlo pero no te detengas. ¡No te detengas!

La sirena del buque sonó media docena de veces, de modo frenético; luego se alejó. Sentí la caricia tibia de la niebla sobre mis mejillas. Cuando miré hacia atrás, la niebla nos recubría por completo. El viejo sonrió como un santo:

—Hemos llegado. Puedes dejar de remar. Ya no podrán alcanzarnos.

La niebla se abrió y vi los peñascos a unos veinte metros de nosotros. El viejo se veía satisfecho:

—Allí mueren todos. Allí se parten las naves.

—Muy bien. ¿Cómo vamos a llegar a la orilla?

Se dio media vuelta y me estudió como si no entendiera mi pregunta. Tuve que repetirla varias veces:

—¿Cómo llegaremos a la orilla?

Se cruzó de brazos y me miró muy molesto:

—Es imposible —replicó—. Nadie puede llegar a la orilla una vez que te encuentras aquí. No con este tipo de lanchas. No sin motor.

—¿Está bromeando? Algo tenemos que hacer.

—Es imposible —meneó la cabeza.

—¿Qué hacemos entonces?

—Tú sabrás —estalló el viejo marinero—. Yo te lo dije hace rato: éste es un viaje suicida. Un viaje de ida, para una sola persona. ¿No era eso lo que querías?

Y siguió meneando la cabeza.

Un poco de niebla acarició la lancha y el viejo desapareció con la bruma.

Estaba solo en la nave.

—Malditos fantasmas —me dije—. ¡Malditos sean!

No tuve mucho tiempo para maldecir. Sentí que un diente raspaba la embarcación por debajo. La lancha voló en pedazos y salté por los aires.

En cuanto pude sacar la cabeza del agua traté de nadar en dirección de la isla, pero el mar insistía en arrojarme contra el peñasco principal. De repente el nivel del agua bajó muchos metros y sentí que caía a un precipicio. Vi una mole enorme y oscura que giraba a mis pies. Vi la base del peñasco y nadé hacia allá. Yo era un nadador aceptable, pero el mar me arrastró como si fuera una pluma en un huracán. En cuestión de segundos me llevó a otra roca, que no había visto antes, cuya punta sobresalía de las aguas. Con grandes trabajos logré asirme a ella al pasar a un costado y me aferré con todas mis fuerzas. Al instante, una ola enorme cayó sobre mí. Mientras luchaba por mi vida sentí que una mano de alambre acariciaba mis manos, mi tronco y mis piernas. Y vi la sangre: la roca estaba tan afilada que cortaba, pero no tenía elección: era eso o morir entre las fauces del tiburón. La ola se retiró y el agua volvió a bajar de nivel. No iba a aguantar mucho tiempo.

Un nuevo golpe del mar hizo que me zafara de la roca. Me dije a mí mismo: Pierre, eres un tonto. Lo único que hiciste en tu vida fue nacer en el norte y venir a morir en el sur. El mar rugió y sentí que alguien, quizás el tiburón, se acercaba a toda velocidad. Quise respirar, pero algo, una especie de enorme alga marina, se enredó en mi garganta.

# 11

## Un poco de luna

—No había visto una de éstas hace tiempo —admitió mi anfitrión—. Sólo hay una persona capaz de crearlas.

A medida que mis ojos se acostumbraban a la oscuridad, advertí con un escalofrío que mi anfitrión tenía las fauces abiertas y que sus brazos terminaban en zarpas muy gruesas. Vestía botas, saco y pantalón de acuerdo con una moda que dejó de usarse hace al menos tres siglos, con el correspondiente corte de barba y bigote afilados, y aunque no llevaba espada al cinto, era imposible verlo sin pensar en un espadachín. Pero lo que más me extrañó no fue la contradicción entre la elegancia de la ropa y la brutalidad de su figura, sino que portaba una capa de terciopelo azul oscuro sobre la cual descansaban cuatro gatos muy negros, que de tanto en tanto abrían los ojos y me miraban con hostilidad.

Tenía la altura de un toro y se movía con la misma agilidad. Pensé que iba a atacarme, pero al pasar junto a la mesa fue como si la vela que me dio Mariska lo hubiese llamado con una voz inaudible para mí. Minutos antes yo la había encendido con angustiosos esfuerzos, consciente de que mi vida dependía de ello. Él caminó rumbo a la vela, la tomó entre sus manos, se sentó a la mesa y se dedicó a mirar no tanto las iniciales de mi amiga y el corazón grabados en cera, sino la llama azul brillante que adoptaba figuras graciosas, entre ellas, la de una bailarina de ballet. La luz azul iluminó de cerca el rostro del recién llegado, y fue así que lo vi cerrar la quijada y suavizar sus facciones, como si recibiera una oleada de gratos recuerdos.

Pero mientras él miraba a la bailarina, los cuatro gatos negros me dedicaron expresiones muy hoscas cada vez que me movía, así fuera un centímetro. Entonces tronó:

—¿Cómo está ella? ¿Dónde vive?

Y como yo guardara silencio, gruñó:

—No entiendo cómo puedes entablar amistad con una mujer que atraviesa paredes sin ser un fantasma, vuela sin ser una bruja, y no se sabe cuándo llegó a París ni cuál es su nombre.

Para mi extraño anfitrión, conversar equivalía a entablar un duelo de esgrima en el que hay que vencer al otro con veloces estocadas, o mejor aún, aplastarlo.

—Ven a la mesa.

Uno de los gatos saltó y vino a plantarse delante de mí. Comprendí que no estaba jugando.

—De acuerdo —y el gato regresó con un par de saltos al sitio que ocupaba en la capa.

Me instalé en la silla más alejada de mi anfitrión. Vi que le tomó un gran esfuerzo apartar los ojos de la vela:

—Tienes mucha suerte de estar con vida. A estas alturas mis sirvientes se habrían acercado para ver cómo salían las últimas bocanadas de aire de tu cuerpo y te habrían dejado a merced del tiburón del peñasco. Les gusta jugar con los que llegan: aguardan hasta que entran al punto sin retorno y se aseguran de que mueran. Todos los viajeros fallecen ahí, y yo me cruzo de brazos, pero hoy, mientras presenciaba tu suerte, vi cómo hablabas con el viejo del mar. Sólo un puñado de hombres en este planeta puede hablar con él, y tú estás entre ellos. Luego viste el tiburón, viste los tentáculos de Nefertiti y el horror cruzó tu rostro cuando ella, la más antigua de mis servidoras, se acercó a ti.

—¿Qué… qué era eso?

—Nefertiti, la de muchos brazos. La que ayuda a las personas como tú a bien morir.

—Por poco me ahoga.

—Sólo quería jugar. Nadie muere por contener la respiración unos minutos.

—A mí me pareció una eternidad.

—Tienes un pobre concepto del tiempo.

—O usted ha olvidado qué es.

Mi anfitrión me miró como si yo hubiese ganado el primer lance. Era difícil asegurarlo, pero juraría que sonrió.

Un golpe de viento que venía del pasillo hizo que la llama temblara hasta disminuir de tamaño y la vi inclinarse de lado, como si alguien hubiera derribado a la bailarina de ballet. El sujeto que tenía delante de mí gruñó y sus facciones recuperaron su tosquedad inicial. Miré la vela: bajó de nivel en un santiamén:

—Te haré unas preguntas y si intentas mentir, no vivirás mucho tiempo. La mayoría de los náufragos son incapaces de percibir a los seres nocturnos, y muy pocos pueden ver a Nefertiti. Al caer en sus brazos creen que sus pies se enredaron en un alga o un cable. Pero tú no. Lograbas distinguirla en medio de las aguas. ¿Cómo lo haces?

No sabía a dónde mirar, pues los objetos que decoraban ese salón no ayudaban a tranquilizarse. Alrededor de la mesa había tres sillones cubiertos por pieles de animal, surcadas por manchas y diseños que jamás había visto en ningún ser viviente: sus pelambres eran abigarradas, espesas e hirsutas, como si aún estuvieran vivas; la más cercana parecía muy suave, pero en lo que se refiere a las otras el instinto me sugería quedarme a distancia.

Si los animales que usaron esas pieles fueron peligrosos, el ser que terminó con ellos debía ser aún peor. Tres cuernos adornaban la pared más próxima. Ni siquiera los rinocerontes podían producir algo similar: retorcidos, escamosos, calcinados, o bien craquelados, como cortezas de árbol. Yo no conocía una sola especie que se paseara con cuernos tan punzantes y espinosos. Del techo también colgaba un candelabro de aceite, incrustado en lo que parecían decenas de enormes astas de venado, trenzadas hasta formar una majestuosa corona de espinas, y según alcancé a distinguir, las paredes estaban recubiertas por algo similar a la madera, si la madera fuese tallada con un instrumento muy tosco, que en lugar de pulir provocara arañazos enormes, dignos de un oso; y cerca, muy cerca de mí, un mueble de la época de la Restauración, alto como un librero y dividido en anaqueles pequeños, cada uno de los cuales contenía un extraño objeto de las dimensiones de una pelota de caucho. En un instante en que la luz de la vela se volvió más intensa pude apreciar que se trataba de cráneos, no todos humanos, o no por completo: algunos tenían cuernos o astas; otros, mandíbulas dignas de un caballo, de un tigre o de un depredador desconocido. Pero lo más inquietante era la mesa hecha de roca, frente a la cual fui obligado a instalarme, pues lo mismo podría utilizarse para ofrecer un banquete a un grupo de veinte personas que para inmolar sobre ella a uno de los invitados, amarrando sus extremidades a los bordes salientes.

—¿Y bien?

Me aclaré la garganta:

—Siempre he visto a los seres nocturnos, como usted los llama. Desde que tuve cinco años. Mi abuela, que era médium, me heredó el don.

Me estudió con curiosidad:

—Fue un buen intento, muchacho, pero eso no explica todo; lo tuyo tiene una razón diferente, que vamos a descubrir...

Mi anfitrión volteó el rostro hacia la puerta de la entrada y gritó:

—¡Danglars, ven aquí!

Casi al instante oí un crujir de madera al final del pasillo. Un rayo de luz amarillenta llegó por debajo de la puerta, como si alguien se acercara a nosotros con una linterna de petróleo. Tuve oportunidad de ver un poco más allá de la mesa en que me encontraba y confirmé que con el rayo de luz los muebles lucían aún más horrorosos que en la relativa oscuridad.

Un hombre muy flaco, de aspecto asustado, atravesó las paredes y se detuvo en cuanto me vio. Vestía ropas de algodón blanco esponjoso, que parecían flotar en las tinieblas, como si el visitante estuviera sumergido en el agua. Nunca había visto algo similar. Y vaya que había visto cosas extrañas. El hombre desvió el rostro y miró a mi anfitrión.

—Pasa, pasa, Danglars. No seas tímido.

Pero como el hombre se detuvo a mirarme desde el fondo de sus tristes ojeras, mi anfitrión añadió:

—No tengas miedo, Danglars, el invitado puede verte pero no te hará daño.

El hombre vestido de blanco lució una sonrisa terrible, pavorosa, de dientes afilados, largos, cortantes, una sonrisa que nadie podría soportar, y se me acercó. Tuve que desviar la mirada.

—Es de pésima educación tu comportamiento —gruñó mi anfitrión—. Danglars trata de resultarte simpático y tú lo tratas así. Míralo —estaba realmente molesto—. ¡Te ordené que lo mires!

Giré hacia el hombre de blanco y lo observé. No fue fácil contener mi terror: la capa exterior de su piel se resquebrajaba, como ocurre con la pintura muy seca, y grandes trozos de carne roja aparecían detrás. Por los huecos de la carne, un grupo de gusanos asomaba y volvía a su lugar, sin que esto molestara a Danglars. Su sonrisa era amplia y muy tensa, se diría que sufría al sonreír. Quise apartar la mirada, pero mi anfitrión no lo permitió:

—¡Míralo!

Sus ojos estaban rodeados por dos manchas negras, como si fuera un gran mapache. Pero la mirada que surgía desde el fondo del monstruo seguía siendo humana. Lo miré e hice un movimiento de cortesía con la cabeza. Entonces Danglars parpadeó amablemente y se sentó frente a mí. La dureza de sus rasgos se suavizó, los gusanos se fueron, su piel se volvió normal.

—¿Entiendes? —mi anfitrión por fin se calmó—. A los seres como Danglars hay que mirarlos a los ojos, o no se detendrán hasta acabar contigo. Hubiera sido un fastidio que te diese muerte antes de terminar esta conversación... Una conversación que, por cierto, pronto va a concluir.

—¿En siete mordidas?

—Bastaría una.

Entonces vi que la vela ardía más intensamente y volvía a bajar de nivel. El momento de amabilidad había terminado.

—Ahora vienen las preguntas importantes. Si me mientes, vas a sufrir.

—¿Va a torturarme?

—¿Por qué habría de hacerlo? Será la luna quien te interrogue.

Se puso de pie y corrió las gruesas cortinas de terciopelo color vino que cubrían la ventana. La luna emergió de entre las nubes y su luz bañó el salón en que nos encontrábamos. Lejos de sentirme reconfortado, a medida que el espacio se iluminaba, un malestar muy grande invadió mi cuerpo. Otra vez sentí el fuego líquido, la sensación de quemarme por dentro. El mismo ardor que sentí en el hospital.

—Duele, ¿verdad? Veo que aún eres nuevo en esto. Debes saber que las personas como tú no sobreviven a la luz de la luna sin la ayuda adecuada. Si quieres ser de los afortunados, responde con la verdad. Nadie puede mentirle a la luna.

—Lo haré, pero cierre las cortinas, por favor...

—Ya lo veremos. Tú no venías a morir a la isla, tienes un propósito oculto. ¿Quién te envió?

—No me envía nadie.

—Primera mentira. No podrías llegar aquí sin recibir instrucciones ni apoyo de los seres nocturnos. Desde que saben que vivo aquí, ni siquiera los pescadores más rudos se aventuran a acercarse a este extremo. Y no estás perdido: tú sabes muy bien qué buscabas. Lo preguntaré de nuevo: ¿quién te envió? ¿Para cuál de mis enemigos trabajas?

—Para ningún enemigo. Ya se lo dije: vine por mi cuenta.

—Nadie viene porque sí. Siempre hay algo más.

Se dirigió a su ayudante:

—Danglars, toma la espada y acércate a él. En cuanto te dé la orden, córtale la cabeza y atraviesa el corazón...

Me clavó la mirada de nuevo:

—Te queda una oportunidad para decir la verdad y sugiero que la aproveches. ¿A qué has venido?

No me gustaba nada cómo Danglars y mi anfitrión se acercaban. Era como si la sala se hubiese reducido de tamaño. Prácticamente estaban a un lado de mí. Intenté ponerme de pie, pero caí al suelo, invadido por el dolor. Tuve que hacer un gran esfuerzo para hablar: la verdad es que sentía el impulso de rugir.

—Mariska, la maga… ella me explicó cómo llegar. Busco a Monte-Cristo.

Los ojos le brillaron al oír ese nombre.

—Ella no enviaría a nadie aquí… Dime quién eres, ¿a qué te dedicas?

—Soy Pierre Le Noir. Policía. Trabajo en París.

Hizo una pausa mientras entrecerraba los ojos en mi dirección:

—Dices que eres policía, pero en realidad eres una Gran Bestia. Por eso la luna te afecta a este grado.

—¿Cómo?

—No malgastes mi tiempo, no es necesario que finjas. Tu tribu juró matarme algún día. Sin duda te enviaron, fingiste el naufragio y pensabas matarme. Te felicito por llegar hasta aquí, pero no saldrás vivo.

—Eso no es cierto. No pertenezco a una tribu.

—Entonces, ¿por qué te transformas en uno de ellos? La luna revela tu verdadero ser —señaló mis manos.

Una capa de cabello moteado inundaba mis brazos. Mis dedos se habían vuelto más gruesos y las uñas, oscurecidas, habían crecido hasta alcanzar una talla demencial. Noté que la lengua se me trababa, y tuve que invocar todas mis fuerzas para hablar:

—Un monstruo me atacó hace una semana. Estuve a punto de morir. Era un jabalí humano. Un Kiefer. Estuve mucho tiempo en el hospital, pensé que iba a morir…

—Segunda mentira: nadie sobrevive a un Quijadas, es imposible. Eres una Gran Bestia y venías a vengar a los tuyos. Danglars…

El ayudante alzó la espada. Mi cuerpo temblaba:

—El comisario McGrau me curó. Arrojó una medicina en la herida y ésta cerró de repente.

Al oír esto, mi anfitrión frunció el ceño.

—Ningún amigo de McGrau es bienvenido aquí.

Sentí que iba a morir del dolor. Pero hice un último esfuerzo:

—Necesito su ayuda. Un asesino invisible me busca para matarme. Y muchos Quijadas. Atacaron las oficinas de McGrau.

—¿Por qué tendría que ayudar a tu jefe? McGrau y su gente me desterraron aquí.

—Porque usted es uno de ellos. Leí el libro que escribió con Dumas y conozco su historia secreta, la que se encuentra entre líneas. Su historia personal.

—Ésta fue tu última mentira. Danglars, adelante…

—¡Tengo esta joya! —saqué el amuleto de entre mis ropas y se lo mostré.

Los ojos del monstruo brillaron en la oscuridad. Danglars alzó un poco más la espada, pero mi anfitrión lo detuvo con un gesto de la mano. Entonces mi anfitrión cerró las cortinas, gracias a lo cual poco a poco el dolor abrió sus garras y me soltó. Cuando la luz de la luna se retiró, mi interlocutor me miró desde las tinieblas:

—Así que ése es tu secreto. Ven aquí, vas a explicarme dónde la encontraste…

Danglars me arrojó en un sillón. Miré mis manos: las uñas y mi piel habían vuelto a la normalidad. Aunque nada era normal en esa isla.

# 12

# Los amigos invisibles

En cuanto caí en el sillón, Monte-Cristo intentó arrebatarme la joya, pero ésta parecía desvanecerse tan pronto él acercaba la mano. Repitió el gesto tres veces, sin lograrlo, y me miró a los ojos:

—Por lo visto nuestra amiga ha aprendido cosas nuevas en el arte de la magia. Me siento muy honrado de que haya preparado este hechizo contra mí. Danglars, dos copas de vino, por favor...

El sirviente sirvió dos copas al instante frente a nosotros.

—¿Hace mucho que la conoces?

—Hace una semana.

Monte-Cristo sonrió, mojó una de sus garras en la copa de vino y acarició la superficie de la mesa.

—La conocí en Marsella, hace tiempo. Yo la llamaba Mercedes. Ella me bautizó como el Conde.

Para mi sorpresa había dibujado a mi amiga con unos cuantos trazos. Pero no perdía de vista el talismán que portaba en mi cuello:

—¿Ella te dio el Fuego del Nilo?

—Es un regalo de mi abuela: Madame Palacios.

Bebió un trago y se inclinó hacia mí:

—Ese objeto, único en su especie, perteneció a emperadores y faraones, a un importante guerrero, después a un escritor que la escondió durante un periodo turbulento y luego desapareció: a cada una de estas personas la joya le dio el mismo don, aunque con algunas variantes, dependiendo de cada personalidad. A ti, por lo visto, te permite ver a los seres nocturnos y ser percibido por ellos, como si siempre hubieras tenido gran familiaridad con nosotros, y por lo visto, ni siquiera sospechas cuáles son los otros dones que están ahí, al alcance de tu mano... Danglars, trae aquí la botella.

El sirviente apareció a un costado en un parpadeo y mi anfitrión se sirvió él mismo otro poco de vino:

—¿Qué tanto sabes del talismán?

Noté que la joya estaba a la temperatura del ambiente y decidí que la sinceridad era la única vía:

—Me permite ver con claridad a algunos seres nocturnos: fantasmas, magos, espectros, seres hechizados... Y me ha protegido en un par de ocasiones. Es como si me avisara que algo extraño está por ocurrir. A veces su temperatura aumenta hasta llamar mi atención. Una vez sentí que estaba en llamas.

—Por eso la llaman el Fuego del Nilo, o la Corona Roja, entre otros muchos nombres. Desapareció durante medio siglo. Pero el Fuego del Nilo no sólo te permite ver lo invisible: también te ayuda a *ser* invisible. Es evidente que no lo sabías.

Me quedé sin habla, pues el conde tenía razón: hace un par de noches, cuando el jabalí que quería matarme miró hacia donde estábamos Mariska y yo, una especie de bruma surgió alrededor de nosotros y el monstruo no pudo percibirnos: como si me hubiera ocultado detrás de la joya. De algún modo siempre supe que el causante del fenómeno fui yo.

—Tu abuela debió quererte mucho para entregarte este talismán. Quien lo tiene atrae muchas cosas innombrables, y al perderlo, algunas de ellas suelen atacar. Es una vergüenza que la portes sin conocer sus propiedades.

Como pude apreciar, sus facciones podían pasar de tenebrosas a amables en un santiamén, a ratos malditas, a ratos bonachonas, de tigre que juega con el ratón.

—Enséñeme a usarlo.

—No veo una sola razón para hacerlo. Que aprendas a dominar sus beneficios podría volverse en mi contra. Además, tenemos el tema de tu doble naturaleza. Sé qué virtudes puede darle la joya a un humano, pero nadie puede predecir qué más va a darte o a pedirte la joya mientras seas un humano que podría convertirse en una Gran Bestia. ¿Cómo te volviste uno de ellos?

—Ya se lo dije. Me atacó un jabalí… Fue un accidente.

—Agradece que las cosas han cambiado: antes matábamos a los humanos que portaban amuletos como el tuyo…

Puse entre nosotros la vela de Mariska. La bailarina azul de la llama se veía exhausta. Me lanzó una mirada suplicante. Al verla, las manos me temblaron. Danglars nos sirvió otro poco de vino. El conde agitó su copa, de modo que un pequeño mar embravecido saltó de un lado a otro. Luego rugió:

—Dices que París fue atacado por Kiefers. Cuéntame lo que pasó.

En cuanto terminé de contarle lo que vi, las hordas de jabalís y perros negros que corrían por las calles y el desigual combate que mis colegas sostenían contra ellos, Monte-Cristo asintió:

—Quieren invadir París. Otra vez. A esta hora deben estar esparcidos por toda la ciudad, formando un cordón. Se disfrazarán de gente respetable y estarán listos para atacar. Es lo que acostumbran hacer: disfrazarse. Los seres más peligrosos son encantadores.

—¿Por qué no viene a ayudarnos?

—¿Por qué debería? Tengo mucho que perder. Si las fuerzas que me confinaron aquí ven que intento escapar, tratarán de aniquilarme. Y en el momento en que salga de esta isla, todo lo que he reunido a lo largo de los años será confiscado y extinto. No volvería a ver a Nefertiti, por ejemplo. ¿Por qué tendría que ir al rescate de los seres que me mandaron aquí?

Jugué mi última carta. No sé qué me llevó a decir eso, pero lo miré a los ojos:

—Hágalo por Le Rouge. Es uno de sus amigos.

—Ah, es por eso que estás aquí... Tú eres el joven colega de Jean-Jacques. Su aprendiz.

Yo no cabía en mí del asombro.

—¿Cómo... cómo se enteró...? ¿Cómo lo supo?

—Digamos que me mantenía en contacto con tu mentor. La última vez que hablamos me contó de ti.

—¿Cuándo fue la última vez que lo vio?

—Hace dos noches tuve la impresión de que él me llamaba. Pero claro, en estas circunstancias, apresado en esta isla, no pude ir en su ayuda. ¿Cómo se encuentra?

Vigilé la expresión de mi anfitrión antes de responder:

—Lo mataron.

—¿De verdad? —Monte-Cristo ni siquiera se inmutó.

—El viernes pasado.

—En el caso de Le Rouge, la muerte no tiene ninguna importancia.

—No estoy de acuerdo. Era mi amigo.

—Por lo visto no lo conocías bien. Ya entenderás a qué me refiero.

—Era mi superior y mi amigo, ¡claro que lo conocía!

Monte-Cristo suspiró:

—¿Dónde lo hallaron?

—Su cuerpo apareció en los Jardines de Luxemburgo.

Esto pareció interesarle:

—¿Apareció, dices? ¿En la puerta que da al Panteón?

—En efecto. ¿Cómo lo sabe?

Dio un amplio trago a su bebida.

—Ése es Le Rouge: un sentimental en el fondo. Me irrita lo que le hicieron. ¿Fueron los Quijadas?

—No queda muy claro. Se diría que fue alguien más alto que Le Rouge, y mucho más fuerte, capaz de alzarlo en vilo mientras lo apuñalaba. Hay un asesino nuevo que llegó a París y todo indica que es capaz de volverse invisible mientras mata.

Frunció el ceño:

—¿Qué tipo de cortes le realizaron? ¿Largos y afilados, como de un carnicero? ¿Fueron muchos?

—Hasta donde pude apreciar, una decena, a lo largo del torso.

—¿Eran cortes anchos y gruesos o delgados y estrechos?

—Delgados y finos. Muy, muy delgados.

El conde se tronó los nudillos:

—¿Hay algo más que deba saber?

—Durante sus últimos días de vida, Le Rouge estuvo vigilando a algo o a alguien que habita en un hospital de París, en el cual hay una oficina con las paredes manchadas de sangre, como si hubieran matado a alguien ahí.

—¿Las paredes y el techo estaban manchados de sangre, como si los hubieran rociado?

—Así es.

—¿Y había un recipiente con vísceras humanas en ese lugar?

—¿Cómo sabe eso?

Monte-Cristo sonrió:

—¿En dónde se encuentra ese hospital?

—En la calle del Acueducto. Cerca de la casa de Le Rouge. ¿Usted sabe a quién seguía Jean-Jacques?

—Podría describirte qué tipo de seres estaba buscando.

Se tomó su tiempo antes de proseguir:

—Como he podido comprobar, los mejores policías son los que se asocian con los peores criminales. La mayoría de tus colegas visitan a los rufianes más crueles en la cárcel y los obligan a hablar, o bien protegen a una u otra pandilla, a carteristas o a tahúres, a ladrones y damas de la noche que roban a los borrachos, a cambio de que dichos delincuentes denuncien a todos los sujetos subversivos o realmente peligrosos que circulan por su territorio. Pero los informantes de Le Rouge no habitaban el bajo mundo, sino *el otro mundo*. Ahora, por lo visto serás tú quien se encargue de atender a este grupo: fantasmas, cadáveres hechizados, monstruos de otros países… siempre y cuando logres sobrevivir a tu transformación en una Gran Bestia. Si lo logras, debes construir la mejor red de informantes lo antes posible, porque se avecinan cosas terribles para tu país: es lo que ocurre cuando los jabalís están cerca. Siempre hay alguien peor, más poderoso y abominable, que los dirige. Por fortuna, tienes a Mariska. Hazla tu consejera. Desde su escondite tu amiga parece observarlo y saberlo todo, aunque desdeña los conflictos de tus paisanos. En cambio, la avidez con que se lanza a averiguar ciertas cuestiones siempre me ha recordado la actitud de los gatos, que de un instante a otro se quedan muy quietos, como si hubieran visto algo que escapara al ojo humano.

—Ahora mismo no me preocupan los detalles: me preocupan los jabalís y los asesinos invisibles. Intentaron matarme. Un grupo de jabalís fue al hospital donde yo me encontraba.

—Siempre se desplazan en grupos pequeños. ¿Por qué no los enfrentas?

—¿Está loco? Es imposible, son demasiados.

—Los enemigos, amigo, nunca son demasiados.

Enfrentarlos es parte de la vida y puede ser divertido. Si tuviera el tiempo suficiente te recomendaría identificar sus negocios, quebrar sus empresas, sumir en bancarrota a cada una de sus familias y perseguir por los cinco continentes a cada uno de ellos durante varias generaciones...

—¿No tiene una solución a corto plazo?

—Si has perdido toda elegancia y tienes prisa por terminar, tendrás que adoptar un método más primitivo. Lucharás cuerpo a cuerpo contra ellos.

—¿Qué?

—Es el único modo. Como bien dices, no van a esperar. Su jefe no lo permitiría.

—¿Qué quiere decir?

—Que no será fácil. Se prepara la caída de París, por lo visto. Y quien prepara todo es el mayor rufián de Europa: el mariscal Bismarck.

Me quedé sin habla.

—Bismarck es buen estratega, de seguro envió espías a París hace años. Si piensa atacar, ya conoce las debilidades de tu ciudad. La situación es desesperada: necesitas la Llama de San Jorge.

—¿La qué?

—No tienes mucho tiempo. Los Kiefers deben estar por todo París ahora mismo. Si consiguen suprimir a tus colegas, la ciudad caerá en las próximas noches.

Lo pensé un instante:

—¿Qué desea a cambio de brindarnos su ayuda?

—Como debes saber, una maldición pesa sobre mí. Los vigilantes impiden mi fuga. Llevo en esta isla más de cincuenta años. Pero tu joya, Le Noir, quizá me brinde una oportunidad.

—Intentémoslo.

Me acerqué a la mesa y luego de comprobar que tenía los cerillos al alcance de la mano, apagué la vela. La bailarina hizo una hermosa inclinación y se perdió de un salto en las tinieblas. Monte-Cristo volvió a parecerme tan amenazante como al principio:

—Muy bien, por fin vamos a hablar en serio. Si quieres vencer en combate a tus perseguidores hay unos cuantos trucos que deberás aprender. Vamos al jardín, allí tendrá lugar tu entrenamiento.

—¿Cómo? ¿De qué me habla?

—¿Quieres vivir sí o no?

—Por supuesto que sí.

—Pues no vas a usar la Llama de San Jorge sin saber utilizarla.

—¿Deberé enfrentarlos en persona?

—No veo a nadie más en esta habitación, y yo no voy a hacerlo por ti.

—¿No deberíamos pedir ayuda a mis colegas? Mis agresores son demasiados, ¿cómo los venceré?

Monte-Cristo se puso el sombrero con una larga pluma:

—Con valor, sangre fría y perseverancia. Y una estrategia inesperada: escaparemos en cuanto espese la bruma. Burlaremos la vigilancia sempiterna y ganaremos la costa de Marsella. Pero antes te entrenaré, no es necesario que mueras en sus garras. Vamos en camino; saldremos en cuanto asome el día.

—Pero ¿cómo lo lograremos? ¿No pesa una maldición sobre usted?

Se puso de pie y retiró una enorme escultura de mármol. La pared tenía un agujero de un metro de diámetro, por donde se podía apreciar un pasaje tallado en la roca:

—He conservado este túnel por razones sentimentales. Hay que reptar unos cinco minutos en línea recta para salir de aquí. Desemboca directamente en un lugar ideal para entrenar en secreto.

Me levanté y guardé discretamente la vela y los cerillos en mi saco. De golpe me sentí muy mal. Creí que iba a morir:

—¿Qué sucede? ¿Por qué te detienes?

—Me cuesta respirar. Siento una opresión en la garganta.

Monte-Cristo sonrió y tronó los dedos. Al instante noté que no estábamos solos en la habitación.

—Jacopo, Fernando, Alí, Caronte: saluden al amigo Le Noir.

Las presencias se inclinaron en mayor o menor medida, tanto como se los permitían sus distintos aspectos y las diversas extremidades que emergían de sus respectivos cuerpos.

—Ellos provocaban la opresión, te tenían tomado por el cuello. ¿Crees que dejaría entrar a un amigo de McGrau sin tomar precauciones?

Escuché una risita deliciosa. Me di media vuelta y vi que a espaldas mías, cómodamente sentada en un diván, se hallaba una joven hermosísima, de enorme melena negra y rizada. Su nariz y su sonrisa eran exquisitas.

—Ella es Nefertiti… Saluda a Pierre, querida.

La joven me sonrió. Por lo visto había estado ahí todo el tiempo, mientras se desarrollaba la conversación.

—Mis respetos, señorita.

—No se distraiga, ya tendrán tiempo para conversar.

Monte-Cristo se quitó con cuidado la capa de los cuatro gatos y la colocó sobre un sillón:

—Esperen aquí, queridos. No tardaré en regresar.

Los gatos maullaron mientras él acarició al mayor de ellos. Entonces me empujó hacia la puerta:

—Vamos, vamos. Tienes mucho por aprender. Y Pierre…

—¿Sí?

—Puedes dejar aquí la vela que escondes en tu saco. No se lo digas a Mariska, pero no consiguen ni siquiera rasguñarme, aunque a ti te irritan la garganta. Ven por aquí.

# 13

## El Jardín de la Luna

Yo estaba muy asustado. Tenía grandes motivos para desconfiar:

—¿No será mejor posponer esto?

—¡A entrenar!

Monte-Cristo sacó una minúscula botella de su abrigo y dejó caer una gota en el piso. Luego abrió una puerta y salimos a un jardín rocoso, hecho de piedras porosas. El sitio era muy vasto, delicado, exquisito. Las rocas formaban distintas construcciones en el lugar. Un montículo rodeado por una valla de piedra, distintas zonas de un bosque, fuentes de agua e incluso una enorme fuente circular, de la que partían numerosos senderos.

—¿Qué es esto? ¿Dónde estamos?

—Pensé que entendías. Estamos en un lugar especial, donde nadie puede percibirnos.

El jardín irradiaba su propia luz, suave y blanquecina. Pero al dar el primer paso sentí que flotaba.

—¿Qué…? ¿Qué está pasando?

—Es parte del entrenamiento, Pierre. Pronto usarás la Llama de San Jorge, una de las armas más mortales que se han inventado, así que debes entrenar en el único sitio que atenúa sus efectos: el Jardín de la Luna —y señaló el cielo estrellado delante de mí.

Un pequeño cometa pasó cerca de nosotros e iluminó el terreno: estábamos en un parque o vergel de piedra y mármol, muy similar a la parte central de los Jardines de Luxemburgo: la misma fuente central, las mismas avenidas, la misma distribución. El asombro me clavó al suelo:

—Tus queridos Jardines de Luxemburgo son apenas un tímido reflejo del jardín original. Éste ha sido el sitio de entrenamiento de los mejores espadachines desde que Cyrano de Bergerac nos mostró el camino.

—Pero ¿cómo llegamos aquí? ¿Cómo es posible?

—Basta una gota de rocío matinal, aplicada en la tierra en la dirección correcta, para llegar aquí.

No puedo describir la conmoción que sentí. Todo estaba iluminado por una especie de reverberación blanquecina que llegaba de las estrellas. La luz más dulce que he sentido jamás. El jardín, visto así, no presentaba una sola sombra: todos los objetos parecían obras de arte largamente diseñadas e irradiaban esa especie de luz interior magnífica. Entonces tuve una preocupación:

—¿Y la luz de la luna no me lastimará aquí?

—¿Recuerdas el vino que estabas tomando? Contenía un remedio. Por ahora no tendrás que preocuparte por eso. En un par de semanas deberás hallar una solución.

—Dígame una cosa: si usted puede llegar hasta aquí, ¿por qué no ha intentado escapar?

Monte-Cristo saltó a una de las rocas más altas y admiró el entorno:

—Como espadachín del rey, que alguna vez fui, éste es uno de los privilegios que no pueden retirarme. Pero lamentablemente es un camino de ida y regreso al mismo punto: desde la isla de If hasta aquí, de ida y vuelta exclusivamente. Así funciona mi condena. Y basta de preguntas, la magia de una gota de rocío no dura para siempre, tenemos que entrenar... ¿Qué tipo de armas manejas, Pierre?

—Pistolas, básicamente.

—La pólvora no sirve de nada ante estas criaturas. Necesitas la Llama de San Jorge, una de las armas más destructivas que ha surgido en Europa. Es tan afilada que incluso el aire que la rodea se vuelve una extensión de su filo. Venció a animales y seres de dimensiones descomunales con unos cuantos movimientos. Ejércitos enteros se detuvieron ante ella. Hay libros, escritos entre líneas, que cantan su historia. ¿De verdad no sabes nada de ella?

—Ni una palabra.

—Ahora que sabes leer entre líneas, deberías leer más novelas.

Y me entregó una pluma.

—¿Ésta es el arma?

—No, con esto vas a entrenar. ¿Crees que te daría un arma devastadora sin asegurarme de que sabes usarla? Empieza con esto. Agítala en dirección de esa roca.

La sacudí sin mucha convicción y mi nuevo maestro meneó la cabeza:

—No, así no: tómala con ambas manos y mueve la pluma como si se tratara del arma más cortante del mundo. ¿Ves aquella mole? —señaló una piedra enorme que sobresalía de entre todas—. Piensa que es un jabalí y defiéndete.

—No entiendo de qué puede servir esto.

Monte-Cristo puso un puñado de hojas secas sobre la roca.

—Agita la pluma hasta que logres que esa hojarasca se mueva.

—¿Con esta pluma? ¡Es ridículo!

Yo estaba a más de diez pasos de la piedra, por lo que no veía manera de lograr lo que me pedía. Pero al ver la seriedad con que mi tutor se cruzó de brazos, me concentré y alcé la pluma por encima de mi cabeza. No tardé en advertir, con sorpresa creciente, que había una resistencia en el aire contra ella. Todo parecía preparado para que no se moviera, para que nadie lograra desplazarla un poco. Por más fuerza que apliqué, no conseguía bajar los brazos, hasta que comprendí que debía inclinarme: me agaché en dirección del viento y lenta, muy lentamente, luchando contra la tensión en mi contra, bajé la pluma hasta la altura de mis rodillas. Al instante, las hojas más ligeras que estaban sobre la roca se alzaron de entre el montón. El mundo no fue el mismo desde entonces.

—Nada mal para un primerizo —reconoció Monte-Cristo—. La mayoría de los guerreros fallan porque no toman en cuenta el aire que los separa de sus enemigos. Ahora, si te concentras en destrozarla, lograrás algo mejor.

Volví a alzar la pluma, luchando contra la presión del aire, y cuando la bajé de nuevo el cúmulo entero de hojas secas se elevó, dio un giro completo en el aire y se dispersó alrededor de la roca.

—¿Qué está pasando?

—Esto es una pluma cualquiera, muchacho. Imagina lo que lograrás con la Llama de San Jorge.

Hizo una bola con su pañuelo y lo arrojó sobre la rama de un árbol.

—Estudia el aire. Siéntelo. Piensa que ese pañuelo es la cabeza de un asesino que te acecha en lo alto, y detenlo con un movimiento decidido.

Pensé en el jabalí que me perseguía. Sentí una pequeña corriente de aire que literalmente bailaba alrededor de mí: comprendí que venía del pañuelo arrojado al árbol, por la izquierda, y se desplazaba en el sentido de las manecillas del reloj en esa zona del jardín, ramificándose de modo provisional cuando los objetos presentes la obligaban a dividirse, encaramándose en ellos y girando sobre sí misma, antes de rectificar, reagruparse y volver a su trayectoria inicial. Pensé en eso y alcé la pluma en diagonal, hacia arriba, pero como el aire empujaba sutilmente la pluma hacia abajo, en el último instante le di media vuelta y logré que subiera muy pronto, de golpe, muy rápido, por encima de mis hombros. El pañuelo se infló y se elevó como un globo, siguió la dirección del viento por unos segundos y cayó a los pies del maestro.

—Bravo. Comprendiste un punto importante: usa el aire a tu favor. Ahora, apunta la pluma a las nubes. Espántalas.

—¿Cómo? ¿Hacia las nubes?

Unas cuantas nubes blancas flotaban sobre nosotros.

—¿Quieres seguir con vida o no?

Abaniqué la pluma tres veces, y las nubes que estaban a punto de pasar sobre nosotros se desvanecieron.

—No puedo creerlo. ¿Soy yo el que provoca eso?

Monte-Cristo sonrió.

—El día que un ejército entienda para qué sirve la resistencia del aire, ese día nacerá una armada invencible.

—Es impresionante. ¿Un guerrero con una pluma puede lograr todo esto?

—Te di una pluma porque es lo más parecido que tengo al arma más mortífera que existe sobre este planeta.

—¿Qué es la Llama de San Jorge, exactamente?

Monte-Cristo sonrió:

—El arma con la que sueñan todos los héroes. Tan ligera como una pluma, más afilada que cualquier metal; resistente como una roca, más afilada que el filo mismo. Si se agita adecuadamente durante el tiempo suficiente, hace entrar en llamas el aire alrededor del enemigo. Ante su sola presencia, ejércitos enteros se retiran. Alguien soñó alguna vez con ella, miles trabajaron en crearla: sólo un ángel lo logró, y decidió entregarla a San Jorge, que la dividió en doce partes y las repartió entre sus guerreros. Pronto tendrás una de ellas en tus manos… si me ayudas a escapar.

Pensé en Mariska y mis colegas, obligados a luchar contra los invasores. Pensé en París:

—Le doy mi palabra.

—Sigamos, entonces.

Es difícil asegurarlo, porque el tiempo no parecía transcurrir, pero tuve la impresión de que durante un día muy largo me dediqué a aprender el arte de manejar una espada con Monte-Cristo. En ese lapso me ejercité con la pluma y, para descansar de esto, que era agotador, el conde intercalaba lecciones de esgrima. Mi extraño tutor sólo permitía que me detuviera cuando perdía el aliento, o cuando le planteaba una pregunta interesante, que él no podía responder de un tajo. Y dado que rara vez puedo hablar con alguien que haya vivido más de trescientos años, traté de aprovechar esos momentos para hacerle preguntas sobre los temas que tocó:

—Ustedes tienen la costumbre de atribuirles orígenes antiguos a fenómenos que en realidad son recientes —me decía, a mitad de un ejercicio de esgrima—. Muchas de las cosas que ustedes creen eternas son en realidad inventos novedosos, que apenas viven su infancia. ¿La idea de familia? Una niña de dos siglos de vida. ¿La diplomacia? Recién nació ayer… La democracia es una niña de pocos siglos, siempre amenazada, y no sé cuánto vivirá. La justicia es una palabra que ya nadie pronuncia. La idea misma del infierno, del purgatorio, del cielo, tal como ustedes los imaginan, son ideas relativamente recientes. El amor, la idea que tienen del amor, tiene muy pocos siglos de edad. Los libros son recientes; la pólvora es reciente y un día no servirá… Los humanos son recientes; sus ciudades son recientes. En mi opinión estaban mejor en los árboles y en las cavernas. Así que no me vengas con que hay que defender a la civilización que conoces, breve como un parpadeo. ¿Cómo quieren defender una idea si no han sido capaces, ya no digo de defenderse unos a otros, sino de mantener en el mismo sitio sus cementerios?

"En cambio, hay otras cosas más antiguas que las palabras humanas. Tu jefe, a quien llaman el comisario McGrau, no es reciente. Me he cruzado con él en muchas edades y en muchas regiones."

—Dígame una cosa que no haya cambiado en todo este tiempo. ¿Los ríos?

—Son más antiguos que la sangre que llevan ustedes en las venas.

—¿Las montañas?

—Para mí son antiguas. Pero conozco seres para los cuales una montaña enorme no es más que una ola de tierra detenida, que estalla todos los días bajo el sol, al final de la tarde.

—¿Hay algo que perdura entre nosotros?

El conde lo pensó por un instante:

—La necesidad de vivir aventuras y regresar a contarlas. Empieza en los niños y ni siquiera se extingue con la vejez. Los que mueren se la llevan consigo —y agregó, con enorme nostalgia—: ¿Sabes una cosa? Extraño esa sensación, la de avanzar a ciegas. Cuando uno está en la Tierra todo el tiempo tiene la impresión de que avanza con los brazos por delante, hacia las tinieblas. Temes el riesgo, te invaden los temores. Pero incluso esa angustia, esa incertidumbre parece tan grata cuando estás encerrado en una isla como yo... La libertad, Le Noir: nunca olvides esta palabra. Cuando la tenemos es invisible, cuando la perdemos es una tragedia.

Cada vez que perdía la concentración, se divertía en asustarme:

—No lo olvides: tus enemigos pueden acabar contigo en siete mordidas, una tras otra.

En algún momento le pregunté:

—¿Cuál es el invento más importante del hombre?

Monte-Cristo apoyó una pierna sobre las rocas:

—En 1887 o 1888, pero no mucho después, sucedió el hecho de mayor relevancia para la vida humana. Ustedes vivían y morían de noche. Pero entonces inventaron la luz. París iluminó sus calles principales con bombillas eléctricas. Y todo cambió. Nosotros tuvimos que escondernos. Nadie se pregunta qué hay detrás de la invención de la bombilla, cómo y con qué están retando a la noche. Pero fue importante.

"A causa de esa oscuridad, la policía no era muy eficaz al principio. Su primera organización, Le guet des Métiers, se fundó en 1254 y constaba de sesenta sargentos para toda la ciudad, los cuales vigilaban una noche cada tres semanas. Se reunían en Châtelet, de donde eran enviados a los distintos puntos de la ciudad. Más tarde, Le guet royal constaba de un pequeño grupo de arqueros que recorrían la ciudad a caballo, pero el estruendo que provocaba el metal que portaban prevenía a los criminales con anticipación. Recuerdo que cierto *chevalier du guet*, Gaultier Rallard, allá por el siglo xv, digamos 1420, se hacía preceder de seis trompetistas, a fin de anunciar claramente su llegada a los delincuentes... Pero la policía como la conoces ahora existe desde 1778. Podría jurar que entonces tenía cuarenta inspectores de policía y unos cincuenta comisarios bajo las órdenes del *lieutenant général de police*, un tipo férreo pero insoportable. Las cosas mejoraron en 1854, cuando alguien tuvo la brillante idea de reorganizar por fin la policía municipal y aumentar a casi tres mil personas el cuerpo de comisarios, *officiers de paix, sergents de ville*...

—¿Cómo sabe todo esto?

—Yo estuve allí. Fui parte de ello. Pero tu país no aprecia a los independientes, como yo.

—Señor, ¿qué es lo que me ocurre? Es decir, la herida del jabalí: ¿en qué me va a transformar?

El conde miró al horizonte, donde un resplandor azuláceo subía y bajaba a lo lejos. Como si un grupo de espectros danzara al final de la luna.

—En Irán hay magos que podrían explicarte mejor eso, como también podrían explicar la pérdida de tu alma. ¿Creías que no lo advertí? Tienes que hacer algo por recuperarla, no llegarás muy lejos sin ella. Además, porque un Quijadas te atacó y sobreviviste, y McGrau aplicó la medicina sobre ti, ahora eres uno de ellos. Tendrás que buscar un método que te permita controlar tu transformación, como hacen todos tus colegas.

—¿Mis amigos en la comandancia? ¿Mis colegas son Bestias Grandes?

—Lo que tú llamas la Brigada Nocturna. Pero me niego a contar esa historia sin unas copas de vino.

No estaba muy seguro, pero me pareció que contenía la risa.

—Y en esta isla no hay vino suficiente. ¡De regreso a entrenar!

A lo largo de ese día mi maestro me pidió que hiciera movimientos cada vez más exigentes, y me lanzaba objetos de formas y tamaños diversos que yo debía repeler con distintos movimientos de la pluma. En un momento de los ejercicios, alzó una roca tan grande como él y, por instinto, planté los pies firmemente y abaniqué la pluma en su dirección. La roca cayó a mitad de camino. Al ver esto, el conde sonrió y vino hasta mí.

—¡Bravo, muchacho! Serás un magnífico espadachín. Por hoy, basta.

Dicho eso, colocó otra gota de rocío frente a nosotros y antes de que pudiera parpadear estábamos en el túnel inicial, de camino a su sala.

Su sirviente más próximo no tardó en abrirnos la puerta:

—Puedes ir a descansar. Si no olvidas lo que ocurrió hoy, es posible que sobrevivas… El buen Danglars te llevará a una habitación, donde encontrarás algo de cenar. Espera ahí a que te llamemos, y sobre todo, descansa: mañana partiremos al amanecer.

—¿Y la Llama de San Jorge?

—La recibirás a su debido tiempo. Pero recuerda: es un préstamo temporal. Ahora, vete.

—Señor… ha olvidado algo. Prometió explicarme cómo usar el talismán de mi abuela.

—Apenas tenemos tiempo para una primera lección: para que tu joya funcione, ponla cerca de tu corazón. Si la tocas con dos dedos, te harás invisible. Si la tomas en la mano derecha y cierras el puño verás a todos los seres nocturnos… Y hay mucho más, pero no tenemos tiempo para continuar. Hasta los hijos de la luna deben descansar.

Hizo una leve inclinación y me indicó que siguiera a Danglars hasta mi habitación.

# 14

# La visita nocturna

Por supuesto, la emoción me impidió dormir un solo instante… o quizá sería que los beneficios de pertenecer a la Brigada Nocturna por fin lograban manifestarse. De cualquier manera, no pude permanecer mucho tiempo en mi recámara, así que salí al pasillo y me dirigí a la sala. Cuando me acercaba escuché que el conde hablaba con alguien. La otra voz decía:

—¿Piensas engañar al muchacho? ¿Vas a traicionarlo también?

—¡Calla!

—Vi que preparas los ataúdes para subirlos al *Pharaon*. Tus planes no terminan en Francia, por lo visto. ¿A dónde piensas viajar, Edmundo?

—No me llames así nunca más. Hace mucho que dejé de ser él. Ahora soy Monte-Cristo.

—Como sea. Pero no olvides lo esencial: la joya. Quítale la joya. Es tu única oportunidad.

—No será sencillo. Tiene un hechizo a su favor.

—No entiendo por qué vuelves a ese continente.

—Mi destino nunca fue la prisión ni estas rocas. No necesito sacrificar mi libertad.

—¿Estás dispuesto a arriesgarlo todo? ¿Y Nefertiti?

—No me gusta la idea de perderla. Intentaré llevarla conmigo, pero deposito su futuro en el muchacho. Dependerá de su nobleza. Si hubiera otro modo…

—Pero no lo hay. Sabes que no lo hay.

—Tengo que correr ese riesgo, Fariah.

—Cuidado, hay alguien en el pasillo —lo interrumpió la voz.

Por instinto, toqué el amuleto de mi abuela, tal como mi anfitrión me enseñó. La bruma que había surgido antes volvió a aparecer junto a mí. Cuando me hice invisible por completo regresé a toda prisa a la puerta de mi habitación, pero a medio camino sentí la presencia de alguien más en el pasillo. Nefertiti había salido de su lugar de descanso. Vestía sólo un breve camisón de una tela muy fina, que le llegaba a la altura de las rodillas. Estiraba los dos brazos por encima de su cabeza y cerraba los ojos, como si acabara de levantarse de la cama; luego elevó una, y luego otra de sus enormes y gráciles piernas a la altura de su barbilla. Entonces miró en mi dirección: había percibido mi presencia, pero era evidente que no podía verme. Extendió sus brazos, tanteando el aire, y me contorsioné lo mejor que pude para esquivarla. Avancé con toda cautela de espaldas, en dirección a mi habitación, pero los brazos de Nefertiti se acercaban cada vez más.

—¿Quién está ahí? —Monte-Cristo abrió la puerta de la sala.

Nefertiti giró para mirar al conde, y aproveché ese instante para abrir la puerta de mi habitación y hacerme visible.

—¿Usted nunca duerme?

Monte-Cristo me estudió por un instante, duro como la roca:

—Lo intento. Pero el sueño huye lejos de mí.

Nefertiti se le acercó y lo besó en los labios. El conde sonrió y se volvió hacia mí:

—Antes fue una sugerencia, ahora es una orden: ve a descansar. No salgas de tu habitación.

Fui a recostarme, pero me fue imposible dormir. Saqué el talismán de entre mis ropas y sucedió algo extraño. A la luz de la lamparilla que había en mi cuarto, la piedra brilló de un modo inusual. Sí, seguía siendo traslúcida y sus bordes reflejaban el halo amarillento de la luz como si fueran ríos o venas que surcaran su superficie, pero no tenía la alta temperatura ni el sorprendente color que adquiere cuando estoy en peligro. Por el contrario: se puso fresca, como si hubieran colocado un hielo por un instante sobre mí; entonces vi un punto blanco aparecer sobre la superficie y recorrerla de un extremo a otro.

Al principio pensé que sería un grano de sal, mas de repente ese punto blanco avanzó y avanzó sobre toda la joya, hasta tocar mi dedo pulgar: tuve la impresión de que la gema fue sacudida por un dulce relámpago y Nefertiti abrió la puerta de mi habitación.

No se detuvo hasta que llegó al borde de mi cama. Yo estaba acostado bajo la manta, así que no osé levantarme. A la luz de la lámpara veía su bellísima piel bronceada, como si se hubiera expuesto al sol todo un día. Me costó un esfuerzo enorme despegar la vista de su cuerpo y mirarla a los ojos. Entonces inclinó su rostro y su largo cabello lacio se columpió hacia mí, como si dos naves hubieran zarpado a ambos lados de su cara. Cuando sonrió pude ver que sus colmillos superiores eran ligeramente inquietantes.

—Hace frío en mi recámara. ¿Puedo dormir en tu cama?

Por un instante me pregunté si su visita tendría la intención de probar mi lealtad a Monte-Cristo, y vacilé. Pero Nefertiti alzó las sábanas y saltó dentro de la cama. Se instaló en el otro extremo, pero como la cama no era muy ancha, pronto dio media vuelta hacia mí y pegó sus pies a los míos. Mi corazón se quería salir por la garganta.

—Tienes los pies tibios. Genial.

—¿Er… qué… qué dirá Monte-Cristo? ¿Por qué no duermes con él? ¿Ustedes, no…? ¿No hay… amor entre ustedes?

Nefertiti sonrió:

—¡Hace tanto que no escuchaba esa palabra!

Y volvió a sonreír. Sus ojos dorados reflejaban la luz de la chimenea.

—¿Me abrazas?

Y como tardé tanto en reaccionar, se acostó boca arriba y me usó como si yo fuera su manta. A la luz de la vela comprendí que su linda nariz respingada era en realidad una escultura perfecta y compleja: tantos ángulos, tantos planos se reunían en la punta que nadie podría esculpir un poliedro así. Ni siquiera Rodin. Y su labio superior era mucho más lindo y más ancho visto de cerca, también.

—Dice Monte-Cristo que no sabes una palabra de magia, y no comprendo por qué me siento atraída hacia ti. Antes sólo me habían atraído los magos.

—Puedo tomar un curso veloz, por correspondencia.

Y se acurrucó en mis brazos. Mi corazón latía tan fuerte que pensé que se escuchaba:

—Pero ¿y Monte-Cristo?

—Sólo le interesa el amor cuando se trata de conquistar. Pero tú... ¿quién eres y qué haces aquí?

—Pues... soy policía, estaba huyendo de unos asesinos, unos seres que querían matarme, seres de grandes colmillos. Me trajo una gárgola: Pepe, el Duende de los Caminos.

—El Duende de los Caminos no puede venir a esta isla. Se lo prohíben.

—Cierto: me dejó en Marsella y remé. Iba a ahogarme pero tú me rescataste.

—A veces hago cosas que no recuerdo. Es por el hechizo que pesa sobre mí —y se volvió a acurrucar—. Tú eres distinto. No todos aceptan lo que soy. Tengo una pregunta: ¿te parezco fea?

—No, nada de eso. Eres muy, muy hermosa.

—¿Entonces por qué no me haces un signo?

—No entiendo.

—Un signo mágico, para ordenarme que sea tu esclava. Así funciono yo.

—No soy mago. Y aunque supiera cómo hacerlo, estoy en contra de la esclavitud.

—¿No quieres que sea tu esclava?

—¡No! Podemos ser amigos, nada más. Eres libre de hacer lo que quieras.

Nefertiti tomó mi rostro entre sus manos y me dio un beso muy, muy agradable.

—Dame tu mano derecha.

Levantó mi camisa hasta que mi antebrazo estuvo a la vista y practicó una serie de pases mientras musitaba algo en una lengua muy rara. Por un instante vi una especie de pulsera de metal aparecer sobre mi piel pero se desvaneció de inmediato.

—¿Qué fue eso?

—Un regalo del antiguo Egipto. A partir de ahora no tienes por qué temerle a la luna. No te transformarás en una Bestia Grande si no quieres. Ahora me voy.

—¿Nefertiti?

Se puso de pie y salió de mi habitación en mi siguiente parpadeo.

La joya que me heredó mi abuela se había puesto tibia. Pero lo primero que me pasó por la mente fue qué iba a pensar Mariska de este episodio con otra mujer.

# 15

## Los jueces oscuros

La joya volvió a temblar. Me senté en la cama y el teniente Campbell apareció:

—¡Ya era hora de que abriera!

—Lo siento; perdí la noción del tiempo. ¿Están ustedes bien?

—No diría eso. Sufrimos demasiadas bajas: ahora fue el turno de Adams y Ryan. El primero murió de un calambre mientras le ayudaba a usted a remar en esa lancha y el segundo falleció en atroces circunstancias cuando naufragamos. Fue él quien detuvo el avance del tiburón, por decirlo con un eufemismo. Confiemos en que no haya sufrido demasiado... Ya tenía experiencia en ese campo: la primera vez que murió fue tragado y masticado por un cachalote... era infiltrado en un ballenero que zarpó de Nantucket, y vaya, digamos que su nave no tuvo al capitán más adecuado...

—Me apena muchísimo, teniente...

—Fue una gran pérdida: Ryan amaba viajar,

recorrer el mundo era lo suyo; Adams soñaba con hacer la revolución, tenía alma de anarquista, como ahora los llaman. Ryan viajaba a un país desconocido cada vez que podía; Adams lo desafiaba a uno a pensar por sí mismo... Pero son los riesgos de pertenecer a Scotland Yard: ahora estamos obligados a resolver este caso, a fin de que el sacrificio de mis colegas haya valido la pena.

—Le doy mi palabra que lo haremos, teniente. Reciba mis condolencias.

—Sólo quedamos Perkins y yo. Pero si usted sigue corriendo riesgos innecesarios pronto estará solo. Tome en cuenta que nadie es eterno... Tenga cuidado con ese Monte-Cristo, porque... No me diga que ya amaneció...

Y en cuanto dijo esto, típico de los fantasmas, el teniente Campbell se fue. Apenas conciliaba el sueño cuando Monte-Cristo tocó a mi puerta:

—Es tiempo de irnos. No queremos que la luz del amanecer nos sorprenda en alta mar. Sígame.

Entre dormido y despierto, avancé por los extraordinarios pasillos que mi anfitrión habitó durante las últimas décadas. La admiración que me provocaron esas paredes talladas en piedra por un material desconocido, tosco como un par de garras, no fue nada en comparación con lo que sucedió cuando salimos al exterior, a una bahía diminuta, donde podían distinguirse los restos de un muelle en ruinas, con los maderos muy negros, como si los hubieran calcinado. Pero ¿quién se ve obligado a quemar un muelle, alzado en un mar tan salvaje, y con tantos esfuerzos? ¿Un marinero que huye o uno que intenta evitar que alguien huya de la isla? Monte-Cristo no me dio tiempo a pensar: tan pronto alzó una mano, los tres mástiles de una gran embarcación aparecieron tras la bruma.

—Aún obedece a su dueño. Vamos, no hay un instante que perder. No nos faltará nada. Ni siquiera una tormenta.

Se refería a las tenebrosas nubes negras que venían tras la nave.

El barco se detuvo frente a los restos del muelle. A una señal de Monte-Cristo, el puente de madera descendió hacia nosotros.

—Vamos, partamos.

Detuve a mi anfitrión antes de que diera un paso:

—Prométame que no atacará a ningún ser humano cuando llegue a tierra.

—Te doy mi palabra —sonrió mi mentor.

Al momento de subir a bordo por el enorme puente de madera me asomé al mar y vi, con una claridad que nunca había tenido, centenares de esqueletos humanos flotando en el fondo del mar, encadenados por los pies o las rodillas a enormes bolas de metal, de modo que no pudieran regresar a la superficie. Los esqueletos que aún conservaban sus brazos los extendían hacia la superficie y los balanceaban sólo un poco o a una velocidad demencial, según las corrientes marinas.

—Pobres almas perdidas —Monte-Cristo frunció el ceño—. Cuiden bien mi casa, por si debo regresar.

Las puertas del puente de mando se abrieron en cuanto nos acercamos.

—Es una fragata de las mejores que se hicieron el siglo pasado —dijo mi maestro—, no tendrás dificultades para maniobrar.

No pude replicar porque en ese instante se abrió una puerta que conducía hacia el nivel inferior y asomó Danglars. Tras él había una docena de ataúdes enormes, amarrados al piso.

—¿Para qué son esos?

—Es tierra del cementerio en el que fui enterrado la primera vez. Como podrás imaginar, un ser como yo no puede descansar en cualquier sitio. Necesito ciertas comodidades. Danglars, regresa a tu posición. ¿Me permites?

Extendió una garra hacia el talismán de mi abuela, y apenas lo tocó con una uña. Y luego de dirigir la mano hacia la isla maldita, y en especial hacia el acantilado, pronunció unas palabras en un idioma y a un ritmo que no había escuchado jamás. Las brumas se cerraron tras de nosotros a medida que nos alejábamos de la isla de If.

El mar se encrespaba cada vez más; verdaderos muros de agua chocaban contra el frente de la nave.

—Es por mi culpa: no puedo estar en el puente de mando —Monte-Cristo abrió la escotilla que conducía al interior.

—¿Qué está pasando?

—Las fuerzas que han impedido que huya por mar durante estos años tratarán de impedirlo otra vez. Llegarán los jueces de las tinieblas, veremos olas de veinte metros de alto que intentarán volcarnos, rocas que surgirán de improviso, manos siniestras que empujarán nuestro bote hacia ellas.

—No me contó nada de esto. ¿Y si llamamos al Duende de los Caminos?

—El Duende no trabaja en el mar.

—Pues yo tampoco soy marinero. Ojalá me hubiera advertido antes.

—De lo único que debes preocuparte es de tener miedo. No alojes el miedo.

—¿En estas condiciones?

—En estas condiciones y hasta que descendamos del buque. Aumenta la bruma. Es nuestra única esperanza.

Toqué el amuleto que me dio mi abuela, tal como Monte-Cristo me había enseñado, y una densa capa de humo azul surgió de la nada y nos rodeó en un momento. Al verla, el conde hizo un movimiento con las manos y la bruma se extendió por el piso del puente de mando, bajó las escaleras y se esparció por la cubierta de la nave.

—No sabía que podía hacer eso.

—Técnicamente, lo hicimos entre los dos. Esperemos que funcione. Voy a asegurar los ataúdes y me esconderé en uno de ellos. Nos veremos al llegar. No permitas que nada te asuste. Y no sueltes el timón.

—No, vaya —grité—, ¿qué podría asustarme, si soy capaz de ver a cualquier fantasma en el área?

Pero mi anfitrión ya se había ido.

Como la nave parecía manejarse sola, caminé hasta un pequeño escritorio cercano. Había un ejemplar de *La Presse*. Anunciaba el exilio de Napoleón a la isla de Santa Elena. Estaba fechado el 24 de febrero de 1815. En el cajón derecho había un sobre que contenía tres pagarés. En ellos un tal señor Morrel se comprometía a pagar 200 000 francos a M. Boville y 187 500 a la compañía Wild & Turner. Junto al sobre se hallaba un cuaderno de hojas quebradizas. La portada decía: *El Pharaon. Bitácora.* Casi se hizo polvo cuando lo abrí. Aseguraba ser un barco mercantil. La última entrada señalaba que el 24 de febrero de 1815 había llegado a Marsella, procedente de Esmirna, Trieste y Nápoles. En eso, el suelo se alzó tanto que pensé que la nave iba a volcarse. Me caí y rodé hasta el otro extremo del puente de mando. Cuando la fragata se enderezó, corrí a sostener el timón —o a sostenerme de él—. Se oyó el bramido del mar.

Por supuesto, no estaba preparado para lo que iba a llegar.

Las olas aumentaban a cada metro; por momentos adoptaron la forma de una garra enorme, hasta que el *Pharaon* se detuvo.

Desde que heredé la joya de mi abuela no había tenido problemas para percibir a los diversos tipos de seres nocturnos. Pero ese día, durante un instante, me pregunté si acaso existirían seres invisibles que no podía percibir con el talismán, seres más cautelosos o esquivos que la gran mayoría, más astutos y peligrosos, capaces de zarandear un barco. Por primera vez en mi vida pensé que si veía a un fantasma, de cualquier tipo, me sentiría mejor. Fue cuando tuve escalofríos.

Había alguien o algo en la cabina de mando. Percibí su presencia mucho antes de verlo, y más aún, antes de cobrar el valor para dar media vuelta.

Una especie de monje, vestido de negro, me estudiaba sin una brizna de simpatía.

—¿Quién es usted? ¿Qué hace en el bote? Usted no es Monte-Cristo.

—Mi nombre es Pierre Le Noir. Soy humano. Caí al mar e intento volver a Francia. Tomé este bote prestado.

—Una antigua maldición me ordena vigilar a quienes salen de esa isla: ¿quién es el capitán de este bote?

Respondí tal como acordé con el conde:

—El capitán soy yo.

—Piénselo bien antes de responder, o condenará su alma para siempre.

—Ni siquiera sé dónde está mi alma. El capitán soy yo, ya se lo dije.

—¿Quiénes son sus pasajeros?

—El único hombre soy yo.

—Piénselo bien. O terminará como Danglars y los malditos, encerrados en la isla para siempre.

—Yo soy el capitán de este barco.

—Que sea como usted dice. Y que el cielo lo juzgue.

El monje cerró los ojos y alzó las manos, como si fuera a orar. Recordé la recomendación de Monte-Cristo y yo también cerré los ojos y me concentré en la bruma, que parecía adelgazarse con las oraciones del recién llegado. Por un instante vaciló pero me concentré en ello y poco a poco volvió a cobrar densidad.

Un viento muy fuerte recorrió el interior del puente de mando y se abrió la puerta que conducía a la bodega: para mi sorpresa, los ataúdes no se veían allí. El monje me lanzó una mirada cargada de desconfianza:

—Una hora tiene para cruzar estos mares. Una hora, y si no ha desembarcado cuando la luz toque la playa, será otro muerto viviente, flotando en el mar, condenado a no descomponerse por completo.

—Supongo que debo agradecerle.

Y el monje se desvaneció.

Monte-Cristo asomó casi de inmediato en el puente de mando:

—Mis felicitaciones. Lograste engañar al juez de los mares. El poder de la joya es impresionante.

—Lo que sea, ya está hecho... Recuerde que me dio su palabra de que no atacará a un solo ser humano al desembarcar.

—Con mi palabra cuentas. Me ofende que dudes de ella.

—¿Quiere tripular el barco?

—No, debes ser tú. Continúa en línea recta desde aquí. Iré a organizar el desembarco. Una vez en la costa no tendremos mucho tiempo. ¡Danglars! Prepara los ataúdes.

—¿Cómo va a transportar todo eso?

—Ya he tomado previsiones —sonrió Monte-Cristo—. Y no descuides el timón.

Una serie de olas gigantescas venía hacia nosotros.

—Esquívalas, o vamos a zozobrar. Es mejor que me retire.

La primera racha estuvo a punto de sumergirnos. Pero el *Pharaon* resistió bien. Tal como aseguró el conde, la violencia y altura del oleaje disminuyó cuando él desapareció de cubierta.

Unas millas antes de llegar al primer muelle, Monte-Cristo volvió a aparecer en la superficie:

—Mira, Le Noir: esto es lo que provoca tu policía en el resto del mundo. ¡Mira!

El conde me pasó el catalejo y apuntó al sur: una docena de pequeñas embarcaciones elegantes zozobraban en el mar. Sobre ellas, decenas de mujeres, niños, ancianos y hombres se abrazaban con ansiedad.

—No van a lograrlo.

—Están por hundirse, de hecho.

—¿Qué los puso ahí?

—La desesperación.

Miré al cielo: los primeros rayos de luz asomaban por oriente.

—Está amaneciendo. Deberíamos desembarcar.

—Dices bien. Pero antes de ir a la costa, hay algo que tenemos que hacer. ¡Todo a estribor!

El *Pharaon* giró a la derecha y se alejó de la costa:

—¿Está usted loco? ¡Estábamos a punto de llegar!

—La humanidad obliga a hacer cosas que la sensatez prohíbe.

El bote se dirigió directamente a las embarcaciones fantasma.

—¿Va a atacarlas?

—Vamos a ayudarlas.

El conde se instaló en la proa, tomó la escalera que se encontraba allí, la hizo girar en el aire y la arrojó al mar. Cada vez que una de las distintas familias de fantasmas subía a cubierta el conde se inclinaba ante ellos y hacía una reverencia; a su vez los náufragos agradecían y ocupaban un sitio en la nave. La escena se repitió hasta que subió a bordo el último de los viajeros fantasmales.

—Ahora sí, al continente, por favor.

—No creo que lo logremos, ya está amaneciendo —para entonces yo juraba que pronto estaría bajo el agua, a medio devorar por los gusanos, como Danglars.

—Tenemos una oportunidad.

Y a una señal suya, el *Pharaon* triplicó su velocidad.

—No sé si podremos —me quejé—. Los rayos de sol están en camino.

El conde extendió ambas manos en dirección de la costa y cerró las garras.

La luz descendía en dirección de la orilla. Estaba por tocar la playa.

Cuando las sombras estaban a punto de desaparecer, el *Pharaon* tocó el muelle.

—¡Rápido, rápido!

Danglars lanzó la escalera: los doce ataúdes descendieron por ahí. Alguien, en tierra, los recibía y los arrastraba hasta una carroza. Monte-Cristo sonrió a los recién llegados y habló en la misma lengua que ellos. Lo que les haya dicho los hizo reír y los tranquilizó. Luego, con un elegante gesto de la mano, los invitó a bajar.

—Me gustaría quedarme a ver esto, pero no debería arriesgar tanto mi suerte. Tengo un objetivo mayor. Despídelos tú, en mi nombre.

Y bajó a toda prisa por las escaleras.

Las familias descendieron con enorme júbilo, cargando sus escasas pertenencias. Ojalá les haya ido bien. Ignoro en qué idioma hablaban, pero mientras me estrechaban la mano e incluso me abrazaban, entendí que agradecían el milagro de un barco amigo cuando creían naufragar. Esas cosas que ocurren rarísima vez, incluso en la vida de los fantasmas. Tuve el honor de despedir a cada familia con un apretón de manos. Entonces vi que nadie, ni Danglars, ni Nefertiti ni Fernando, se hallaban en cubierta. Antes de que la hora se cumpliera, bajé a la playa yo también.

Se trataba de un viejo muelle, oculto por rocas negras. Monte-Cristo hablaba con un hombre boquiabierto y confuso que se hallaba junto a la carroza. Sus caballos piafaron al verme llegar.

—No entiendo nada —balbuceó el conductor—. Hace unas horas oí una voz que me ordenaba venir, y aquí estoy.

—Con este servicio expiarás todas tus culpas —sonrió Monte-Cristo, y el chofer asintió.

Apenas había movimiento a la vista: distintos grupos de pescadores se preparaban a zarpar —por fortuna, ninguno de los que me encontré al momento de robar la barca. Tuve la impresión de que la niebla benéfica, que nos permitió escapar de la isla, les impedía vernos también. La excepción era un grupo de hombres muy elegantes, que reían a carcajadas en la terraza de un bar.

Unos minutos después, Danglars terminó de subir los ataúdes a la carroza y los amarró firmemente en el techo. El conde se acercó y puso una mano sobre su ayudante.

—Regresa a la isla.

De inmediato se desvaneció. Y con segundos de diferencia, también lo hizo el *Pharaon* detrás de nosotros.

—Debemos viajar ligeros, o repararán en nosotros. Los espías ya están aquí. Puedo olerlos.

—¿No sería mejor viajar en tren o en automóvil? Llegaríamos más rápido.

—Debemos usar caminos secundarios.

Un águila chilló sobre el acantilado. El conde sonrió:

—Un buen augurio.

Y agregó:

—Aquellos que te persiguen están al acecho, cerca de nosotros. Intentarán atacarnos mientras viajamos. Prepárate para aplicar lo que has aprendido.

—Eh… recuerde que aún no me ha entregado el arma.

—Lo haré en cuanto lleguemos a nuestro destino.

—Oiga, ¿el viaje afectó su cerebro? ¿Qué voy a hacer si aparecen de repente?

—¿Qué no te entrené durante horas en la lucha contra las Grandes Bestias? ¡Con eso sobra y basta para vencer a cualquiera! Ahora, si no te molesta, entraré a la cabina del vehículo, correré las cortinas y dormiré en el trayecto. No me despiertes hasta llegar a París. De cualquier manera, ocurra lo que ocurra, no podré salir del dormitorio hasta que caiga la noche.

Muy de mala gana y nervioso como pocas veces en mi vida, ocupé un sitio junto al conductor y la carreta arrancó. No tardamos en salir de Marsella y nos dirigimos al bosque. El cielo se había encapotado y unas tinieblas preocupantes, de aspecto poco natural, parecían surgir de todas partes, hasta recubrir por completo el sendero. Cuando apenas se podía ver a un par de pasos delante de nosotros el conductor se detuvo:

—Voy a ver qué pasa allá adelante —y bajamos del vehículo.

Monte-Cristo no tardó en salir del interior. Se acomodó el sombrero y se quitó el polvo que se había acumulado sobre su capa.

—Ya están aquí.

—¿Qué?

—Tus amigos, los Quijadas. Prepárate para hacerles frente.

—Va a ayudarme, ¿verdad?

—Me temo que no. ¿Dices que buscas la libertad? Entonces ve a arrebatarla de entre las garras de esos sujetos.

—¿Está bromeando?

—Cuando te entrené hablaba en serio. Si no consigues sobrevivir hoy, no mereces hacerlo. Buena suerte, muchacho —el conde sonrió y desapareció tras la niebla.

Lo llamé con voz muy baja primero, y un poco más angustiosamente después.

—¿Monte-Cristo? ¿Señor?

Escuché una serie de pasos que se acercaban. Ramitas que se quebraban a pocos pasos de mí, y maldije la situación.

Las tinieblas se abrieron un poco, lo suficiente para que pudiera apreciar que allí, en un claro del bosque, un niño rodeado de cadenas lloraba, de rodillas. El mismo niño que vi en Montparnasse, cuando el jabalí me atacó brutalmente. Comprendí que se trataba de mi alma perdida. Ahí, en el centro de un claro, al alcance de la mano. Yo sabía que era una trampa, pero no podía abandonarla.

Caminé tan sigilosamente como pude hasta el árbol más cercano: alguien respiraba muy cerca de mí. Tardé una eternidad en rodear el tronco del árbol, examiné la bruma en todas las direcciones, pero no vi a nadie por allí. Así fue que alcé la vista y entendí lo que era el horror.

En las ramas superiores del árbol, media docena de individuos con garras devoraban los restos de nuestro conductor. Se lo habían repartido todo y lo mascaban con gran avidez.

Eran los borrachos que festejaban en el muelle, horas antes. Las camisas desfajadas, sin corbata, las mangas arremangadas y manchados de sangre, pero eran ellos.

No habrían reparado en mi presencia de no ser porque al huir pisé un montón de hojarasca. Al instante, una especie de tigre enorme, que avanzaba en dos patas, rugió muy cerca de mí.

# 16

# La cena de las bestias

Cuando abrí los ojos de nuevo, el tigre aquel y tres bestias de enormes dimensiones bebían un líquido rojo en gruesas copas de vino.

—¡Qué región, qué región, que produce este sabor, estos aromas!

—¡Mis garras por otra copa de esto!

—¡Pero ya no es posible!

—¡Ya no es posible! —rio—. ¡Ya no es posible! ¡No hay dos botellas iguales! ¡Salud!

La examinaron a contraluz, tomaron un nuevo sorbo y lo paladearon. Luego de un instante en el que parecía deleitarse, el más educado de esos seres concluyó:

—Por este color rojo rubí, muy alejado del cereza, por el cuerpo que presenta, su sabor intenso con reminiscencias de aceituna, sin duda proviene de un humano de Medio Oriente, de no más de treinta años.

—Así es. Es usted un gran conocedor, Titus.

—Hay que dejarlos madurar. Son mejores después de los treinta.

—Mucho mejores —coincidieron los presentes.

Entonces repararon en que yo los miraba, horrorizado. Me habían atado de manos y pies.

—Ah, nuestro invitado *s'est réveillé*.

Alguien me pateó las costillas. Una garra me atrapó por el brazo izquierdo y me lanzó hacia ellos.

—Siéntese. Traigan una copa de vino para él, por favor. Algo que pueda beber.

—Hemos visto tus habilidades, pedazo de carne. Muy impresionante. Qué manera de sacar al barco de allí y de burlar a los jueces. La bruma que invocas, tu estrategia para ocultarte en el bar de la calle Champollion: todo es muy, muy peculiar. Queremos que trabajes con nosotros. Nuestro colega, Petrosian, que es rencoroso, desea liquidarte por haberlo capturado, pero nosotros no: tienes un gran valor potencial para nuestra empresa.

—Además, pronto vas a transformarte en uno de nosotros. Hay reglas que debes cumplir. Has vivido más de ocho días luego del ataque de uno de nosotros y sigues vivo. Tenemos que admitirte en la especie. Es el paso natural. Piénsalo.

—Sí, piénsalo con calma. ¿Qué beneficios te aporta trabajar en la comisaría? ¿Te pagan un bono anual?

—Pues… no.

—¿Tienen plan de jubilación?

—Tampoco.

—¿Vacaciones pagadas en el inframundo? —el monstruo alzó uno de sus afilados dedos por cada una de las bondades de su empresa.

—No, por supuesto.

—Francamente no entiendo. ¿Quieren quedarse con tu alma veinticuatro horas al día, siete días a la semana, sin darte un bono anual, sin plan de jubilación ni vacaciones pagadas? ¿Quieren todo sin darte nada a cambio por tanto esfuerzo? ¿Y soportando como jefe al comisario McGrau? Los franceses son unos explotadores. Nosotros, en cambio, tenemos un magnífico plan de jubilación para disfrutar los siguientes doscientos años. Un plan de ahorros con piedras preciosas. Piénsalo.

—No aceptaría bajo ninguna condición.

—Es una pena.

—Sí, es una pena —añadió otro de los cuatro asesinos—. Si eso quieres, serás nuestro próximo cenicero.

El centro de la mesa lo ocupaba un cráneo humano, tallado para tal fin, rebosante de puros y cigarros que fueron apagados en los restos de su coronilla.

El más grande de los presentes apagó un cigarro sobre el horrible instrumento:

—A éste lo perseguí toda una noche, a campo abierto. ¡Cómo corría! ¡Y qué hábil era! Varias veces le grité que debía rendirse, que no se cansara, que de todas formas iba a atraparlo, que si me hacía enojar más lo convertiría en un cenicero, pero no quiso escuchar. Tenía una facilidad especial para trepar a los árboles y saltar de uno a otro, que yo no pude imitar. Me caía. Tardé en comprender cuál era su estrategia: el hombre estaba esperando el amanecer. ¡Estaba convencido de que yo lo dejaría en paz en cuanto amaneciera! Lo dejé saltar de árbol en árbol el resto de la noche hasta que no logró moverse más. Cuando amaneció, subí por el árbol y me lo comí. Guardé su cráneo como cenicero, porque uno debe cumplir su palabra.

—¿Van a matarme? —miré al más grande de ellos, al que llamaban Titus.

—No, como gerente general no prescindiría de un posible colaborador como tú. Aunque Petrosian quiere acabar contigo, te dejaré con vida unas horas, a fin de que lo pienses. No soy humano, pero tengo sentimientos. A cambio, ¿podrías entregarme la joya?

—De ningún modo.

—Entonces será mejor que vayas a ver a nuestro director general, que aguarda a que despiertes. Petrosian no intentará nada contra tu vida, el canciller quiere hablar contigo.

Petrosian estaba negro de rabia. Al ver que me iba gruñó, pero se quedó en la sala.

—Nos veremos tarde o temprano, pedazo de carne.

—Ya, doctor, ya fue suficiente. Recibió el mensaje. No sea agresivo con él.

Mientras me empujaba, la bestia agregó:

—No entiendo por qué guardas tanta fidelidad a McGrau. ¿No te has dado cuenta cómo son los patrones? Se quedan con tus contactos, exigen toda tu energía durante el tiempo que trabajas para ellos, te lo roban todo, hasta la menor de tus ideas, y te exprimirían hasta la muerte si fueras tan tonto para permitirlo. Es otra forma de la esclavitud, aunque bien pagada. A uno sólo le queda elegir al mejor postor. Si me permites un consejo, deberías trabajar con nosotros. Tenemos sucursales en muchos países.

—Agradezco su amabilidad, pero soy leal a mis jefes.

—Como tú quieras.

Entramos a un despacho decorado con los mejores muebles que podrían encontrarse a finales del siglo pasado. Una docena de jabalís y otras bestias se hallaban sentados a los lados de la habitación. Al menos tres mapas de Europa estaban desplegados sobre una mesa muy grande, uno de los cuales correspondía a la Europa diurna, otro a la que habitaban los seres nocturnos, con sus pasillos, portales y pasajes, y el tercero consideraba a otro tipo de entes, que no logré identificar. Cuando me inclinaba sobre ese último mapa, el tigre lo enrolló:

—Eso es clasificado. Solamente puedes verlo si eres uno de nosotros.

Todos se pusieron de pie: un ser enorme, de marcados rasgos felinos, a quien todos saludaban con devoción, entró a la sala de juntas. Antes de que llegara hasta el escritorio, la bestia que me escoltó me alzó por un brazo:

—Más respeto para el mariscal Bismarck.

Era una bestia muy grande, pero el traje militar le quedaba a la perfección. Sus largos bigotes rubios y la punta de las grandes garras brillaron al pasar junto a la luz:

—Pierre Le Noir, el nuevo policía del que todos hablan. Debo felicitarte por tu escapada. Durante varios días nos tuviste locos. Te buscamos por todo París a la mitad de una invasión importante. Gracias a una afortunada circunstancia localizamos tu rastro y pudimos seguir tu pista a Marsella… Así que estuviste con Monte-Cristo, aprendiendo sus secretos… Lo siento, muchacho, hubieras sido un buen elemento. Pero no puedo correr riesgos en esta batalla. Monte-Cristo significa problemas para nosotros. Titus, encárgate de este joven…

El tigre tomó una espada de la pared y me la puso en el cuello.

—Feliz viaje a la tierra de los fantasmas.

Un rumor llegó de algún lugar en la periferia del campamento. Oímos un rugido espeluznante, de animal herido, y luego el silencio. Cuando se abrió la puerta principal, Edmundo limpiaba restos de sangre de su espada. Todos los presentes se pusieron de pie y tomaron sus precauciones:

—Leopold, tienes a los vigilantes más ineptos que haya visto en muchos siglos.

—Vaya, vaya: el señor conde en persona. ¿Crees que me impresionas?

—Aún no, pero ya lo haré pronto. Tú sabes que la sorpresa es mi especialidad. Todavía puedo perdonarte la vida, si regresas con tu gente a Germania de inmediato.

Bismarck soltó una carcajada:

—Edmundo, no me hagas reír. ¿Cómo pretendes ejercer tu generosidad en estos momentos? Te aventajamos en número. Conoces la diversidad de mis tácticas, todas de mi invención, y sabes que todos los poderosos de Europa se han inclinado ante ellas. Mira, mira mi ejército: podríamos imponernos con hierro y con fuego en un solo ataque. He emprendido ya la conquista.

—Emprendido, sí; pero no culminado, Leopold. Eres incapaz de lograrlo.

—Alguien que habla con tanta seguridad tiene algo con qué amenazarme. ¿Qué tienes a tu favor?

—Conozco la debilidad de tu especie. ¿Ya olvidaste lo que sucedió en la noche de San Juan? Creo que di pruebas suficientes de mi habilidad. ¿O ya olvidaste cómo quedaron los caídos?

Ante esta mención, el canciller se estremeció:

—Estás mintiendo.

—Claro que no. Esto te ayudará a recuperar la memoria.

Monte-Cristo tomó el costal que cargaba sobre el hombro y vació el contenido ante ellos. Los restos aún reconocibles pero bastante deteriorados de uno de los Quijadas cayeron sobre la alfombra. Por un instante, todo fue conmoción y desorden entre mis captores. El cadáver del monstruo consistía en una pelambre casi hueca, que si bien conservaba las garras y el pelaje que distinguían a su especie en general estaba sumamente flaco y consumido, como si le hubieran arrebatado toda la carne desde el interior, o más aún: como si un proceso de momificación hubiera ocurrido cuando el ser aún vivía. Más de uno de los presentes gruñó y mostró las garras a mi maestro, pero éste no se movió un ápice.

—Lo hice con uno de tus soldados. Nada me detendrá si decido hacerlo con todos ustedes.

—Somos demasiados para ti solo, Edmundo. No puedes contra nosotros.

—Tengo un ayudante. Mi nuevo aprendiz. Lo tienes delante de ti.

—¿Este hombre? Fue muy fácil capturarlo. Estábamos a punto de convertirlo en vino.

—No será posible. Tenemos la Llama de San Jorge.

Al oír esto, Bismarck titubeó:

—No es verdad. Hace doscientos años desapareció.

—Justo el tiempo que llevo lejos de Francia. El arma desapareció cuando me expulsaron por primera vez de este país.

—¿Cómo puedo comprobarlo?

—Podemos enfrentar a los que se encuentran en esta habitación en este mismo instante; luego saldríamos a perseguir a los que están afuera. Decide si perderás un par de guerreros o si prefieres perderlos a todos de inmediato.

Bismarck frunció el ceño.

—Tu llegada fue afortunada, astuta, bien realizada. Pero mi actual ejército te supera en fuerzas. Vean lo que aguarda allá afuera —sonrió Bismarck.

Fuimos a asomarnos por las ventanas: una multitud de jabalís, vestidos como soldados prusianos, se encontraban en posición de firmes. Calculé unas tres decenas. Y junto a ellos, una docena de seres monstruosos, de diversas formas, trabajaba en la confección de elaboradas armas cortantes.

La complacencia se leía en el rostro de Bismarck. Pero mi maestro no se inmutó:

—Son ratones delante de un gato. Puedo destrozarlos uno por uno y divertirme con ellos. No hay nada mejor que castigar al malvado, he desarrollado un placer peculiar en eso. Y me hace falta diversión. Así que, si persistes, Leopold, te quitaré las ganas de avanzar sobre París.

—No tenemos que llegar a ese punto —gruñó Bismarck—. ¿Qué no fuimos amigos en otra época?

—No lo somos ahora.

Y señaló las nubes de tormenta:

—Imagina la desgracia que te espera. Todos sabrán que tu ejército fue vencido en una sola tarde.

Bismarck meneó la cabeza.

—No te metas en esto, Edmundo. No es asunto tuyo.

—Eso lo decido yo. Te propongo que lo resolvamos al viejo estilo: que luchen dos de tus guerreros contra nosotros.

A una señal de Bismarck, sus soldados se acercaron. Pero se detuvieron en cuanto el conde se llevó la mano a sus ropas. Para vergüenza de los presentes, Monte-Cristo se limitó a sacar una caja de cerillos de su saco, tomó un puro del escritorio de Bismarck y lo encendió:

—¿Qué decides? No vamos a estar así toda la eternidad. Francamente, tus puros son muy malos.

—Aceptaremos el reto. Nuestros dos mejores guerreros irán a la batalla según lo acordado. Nos veremos en Estrasburgo.

—¿Cerca de la frontera y de tus ejércitos? De ningún modo. La ofensa se realizó en París, la satisfacción debe ser otorgada en la misma ciudad. Debe ser como establecen las reglas: en el Jardín de la Luna, ahora de Luxemburgo, a las cuatro en punto de la madrugada.

—Eres un sentimental, Edmundo. Ya nadie pelea así.

—Pero tú lo hiciste la semana pasada, Leopold. Así ordenaste que mataran a Le Rouge, a la misma hora en un hospital, y sin permitir que se defendiera. Estás obligado a asistir en persona, con un guerrero de tu confianza. Y en vista de las circunstancias, no puedes quejarte de que no tienes armas ni soldados.

—Muy bien, si eso es lo que quieres, algo podré organizar. ¿Es un reto solemne?

—Así lo es —Monte-Cristo tomó de la mesa una copa de vino y la arrojó a los pies del duque. Éste asintió y arrojó otra más a los pies de Monte-Cristo.

—Allí nos veremos.

De golpe el suelo parecía manchado de sangre, y al alzar la vista, todo lo que nos rodeaba desapareció. El salón, el piso de madera, las cortinas, los toneles: todo se esfumó. Estábamos solos junto a un castillo enorme, que me resultó conocido. Nuestra carroza estaba allí. Monte-Cristo enfundó el florete:

—Sube a la carroza, Pierre. De Vincennes al centro de París hay mucho por recorrer.

—¿Estamos en el castillo de Vincennes? ¿Cómo llegamos aquí?

—Cortesía de Bismarck. No quiere que faltemos a la cita. Ahora, preparemos la batalla.

Y emprendimos el viaje.

# 17

## El conde entra en acción

Supongo que no es común ver una carroza humeante estacionarse frente al Quai des Orfèvres a las cuatro de la madrugada. Pero hice lo mejor que pude y dejé a los animales amarrados a una de las columnas. El jefe ya me esperaba al pie de las escaleras.

—Tienes mucho que explicar, muchacho.

—Jefe, Monte-Cristo espera allá afuera. En la carroza.

—¿Cómo? ¿Sacaste al conde de la isla? ¿Sabes el peligro que corre París?

—Era la única opción.

—Debería arrestarte. No sabes si el conde prepara algo contra nosotros.

—Tengo su palabra de que no es así.

Mi jefe gruñó algo incomprensible y bajamos por las escaleras. Le Bleu y Le Blanc nos escoltaron.

Un instante antes de que llegáramos a la carroza, la puerta se abrió y el conde saltó a la calle.

—Estás quebrando la ley, Edmundo.

—Las leyes dicen que si logro salir de la isla y piso el centro de París, puedo volver a habitar por aquí. Y acabo de pisar la ciudad frente a cuatro testigos. Uno por cada color del arcoíris.

El comisario gruñó:

—¿A qué viniste, exactamente?

—A vengar la muerte de Le Rouge. Si salvamos la ciudad de París en el camino, no será la primera vez.

Mi jefe no estaba contento, pero lo hizo pasar.

Mientras subíamos las escaleras hacia las oficinas, recriminé a Monte-Cristo:

—Al comisario no le gustó su presencia aquí.

—Se comportaba igual cuando era mi subalterno.

—¿Qué?

—Ya te lo contaré. Pero no hay vino suficiente a la vista.

Monte-Cristo entró a la oficina del jefe y miró el mapa de París que colgaba de una de las paredes:

—¿Cuál es la situación?

—La misma de siempre para quienes viven de día; desesperada para nosotros. Un grupo numeroso de esos seres entró a la ciudad. Por el momento se concentran en los hoteles de Montparnasse, pero de día recorren la ciudad, buscando puntos débiles. Bismarck está a cargo de ellos.

—Lo sé. Nos topamos con Bismarck ayer por la tarde: tiene su campamento en el castillo de Vincennes. Son veinticinco Grandes Bestias y unos treinta chacales listos para el combate.

—Nos superan en número por el momento. Pueden causar demasiadas bajas entre los civiles.

—Lo retamos a un combate: a las cuatro de la madrugada, en los Jardines de Luxemburgo.

El comisario mostró su desaprobación:

—Nadie se ha batido en el jardín en más de cien años.

—Nadie se ha batido, pero ahí mataron a Le Rouge hace unos días. Ahí citamos al enemigo y pelearemos contra él. Le Noir lanzó el desafío, yo seré su padrino.

—Le Noir no puede asistir: no está preparado.

—¿Preparado? Lleva una semana practicando. Muéstrale lo que has aprendido.

Tomé la pluma del sombrero de Monte-Cristo y me puse en guardia. El comisario se incorporó y tomó su revólver de inmediato.

—Vaya, McGrau, has mejorado notablemente tus reflejos. Pero no tienes nada que temer, Pierre jamás usaría el arma contra ti.

—Es muy irresponsable de tu parte, Edmundo. ¿Cómo va a luchar si jamás ha empuñado una espada de combate? Podría cortarse en dos él mismo por moverla sin cuidado, ¡no está capacitado para defenderse!

—Muéstrale.

Me concentré en el movimiento de ataque y abaniqué. Una hoja de papel se alzó del escritorio del jefe y cayó al suelo partida en dos.

—Nada como el viejo y buen entrenamiento en el Jardín de la Luna, ¿no crees?

McGrau asintió:

—¿No serás tú quien robó esa arma del Louvre hace doscientos años?

—Es una de mis más preciadas posesiones —sonrió Edmundo.

—Deberás devolverla —gruñó McGrau.

—Claro, comisario: si logras quitármela en un duelo justo. Es la ley.

El jefe gruñó y me clavó la mirada.

—No me gusta la idea de que uno de mis agentes salga a batirse con un guerrero de Bismarck; mucho menos, que haya sido entrenado por ti, y menos aún, que esté dispuesto a arriesgar su vida en estas circunstancias. Pero no queda otra opción.

—En efecto —sonrió Monte-Cristo.

—Antes de ir, deben saber algo.

El jefe bajó las cortinas y quedamos en una oscuridad casi palpable.

—Desde hace unas horas, Bismarck supervisa personalmente el entrenamiento de un guerrero misterioso. No hace ruido al desplazarse y domina el arte del camuflaje. No sería extraño que lo mande a combatir contra ustedes. Deben dominar el terreno...

Aunque Edmundo insistió en que se lo sabía de memoria, el jefe nos mostró un mapa del Jardín de Luxemburgo:

—Aquí apareció el cadáver de Le Rouge, justo frente a la avenida que lleva a la calle Soufflot. Su rastro se desvanece cuatro pasos antes, por lo que suponemos que venía de la fuente central. Los atacantes encontraron la manera de abrir un portal, desde el hospital hasta ese punto, entre la fuente y las rejas. Ésa es el área más peligrosa, la que no pueden perder de vista un instante.

—El ojo de agua que mira hacia el más allá.

—En efecto.

Edmundo estudió el papel.

—Veo que han movido las estatuas.

—Solían bajarse de sus pedestales con demasiada frecuencia para conversar con los visitantes. Les colocamos pedestales hechizados para que eso no vuelva a ocurrir, y las dispersamos un poco, según puedes apreciar.

—En vista de que no contamos con ellas... y que no es conveniente estar junto a los ojos de agua, donde los espías de otro mundo podrían vigilarnos, sólo nos queda esta opción.

Señaló un enorme recuadro verde, ubicado no lejos de allí.

—A los jardineros no les gustará. Está prohibido pisar el césped —gruñó el jefe.

—¡Por favor! Esperamos la llegada de un guerrero muy peligroso. Necesitamos algo que nos permita detectar su movimiento. El pasto que se agita es un buen recurso.

—Pero estarán completamente expuestos —refunfuñó el comisario—. No lo recomiendo.

Monte-Cristo se inclinó sobre el mapa:

—¿Qué me dices de estos setos? ¿Son demasiado altos?

—Llegan hasta la cintura.

—Será suficiente.

—Creo que toman demasiados riesgos.

—París vale eso y más. Y Pierre está preparado.

El comisario elevó las cejas:

—Sé que tienes buenos reflejos, Pierre, pero debes saber una cosa: lo más probable es que al guerrero que enfrentarás sea el asesino de Le Rouge. El asesino invisible, que mata con cuarenta cuchilladas. ¿Crees que puedes vencerlo?

Respiré hondo:

—Estoy preparado para intentarlo.

—¿Y tu nueva condición no será un estorbo?

—La luna está oculta, no corremos peligro.

—Has estado escondido muchos años, Edmundo. Ahora hay armas que guardan la luz de la luna y la liberan en el momento que sea necesario.

—¿De verdad?

—Sí —el comisario le mostró un par de joyas—. Basta apretar esto, o invocar al santo adecuado, y listo.

—¡Qué sofisticado!

—Deberás ponerte al día. En fin. Le Noir, si entras ahí no podremos protegerte.

—Estoy dispuesto a correr el riesgo, comisario.

—Podemos enviar a Le Bleu en tu lugar.

—Le Bleu no ha sido entrenado —alegó el conde.

—Es nuestro mejor elemento, domina la mayoría de las técnicas de ataque. Aún faltan varias horas.

Pero Monte-Cristo fue categórico:

—No le confiaría la Llama de San Jorge a cualquier persona. Debe ser Pierre.

El jefe valoró la situación y resopló:

—Pues bien: dependemos de ustedes. Sacaremos a los celadores para que no haya víctimas humanas, pondremos un cerco para evitar que los jabalís se acerquen a los jardines, pero no podemos saber si ellos respetarán su parte del pacto. ¿Y si Bismarck guarda un as bajo la manga?

—No tenemos otra opción. Así son las reglas.

—No todos las respetan, Edmundo. Eso es lo que me preocupa.

Antes de irme, el jefe me llamó aparte:

—Pierre, ¿estás seguro de que quieres hacer esto?

Me costó trabajo asentir. Pero lo hice. Entonces me preguntó en voz baja:

—¿Hay algo que has olvidado contarme, Le Noir?

Tuve que confesarle lo que, supuse, más iba a agradecer. Al oírme, el jefe asintió y me echó al pasillo.

—Edmundo y yo tenemos mucho de qué hablar.

Antes de que la puerta se cerrara, lo vi extraer una enorme botella de alcohol de su archivero, abrirla y servir dos tragos. El conde lo pensó por un momento, pero tomó la copa que le correspondía, olfateó el vino y brindó con el comisario:

—Por fin un vino decente. Espero que tengas varias botellas.

# 18

# Muerte en el Jardín de la Luna

Por lo visto, había suficiente vino en la oficina del comisario, pues la charla entre el jefe y Edmundo se alargó más de lo conveniente. Edmundo tenía los ojos rojos y el jefe olía a alcohol si te le acercabas.

—¿Estás en condiciones de pelear? —le pregunté a Monte-Cristo.

—Lo he hecho en peores condiciones. Lo hice completamente ebrio... la última vez que estaba vivo. Pero no te preocupes: hay cosas peores que morir.

Su respuesta no me tranquilizó en lo absoluto.


Desde las tres y media los veladores fueron retirados discretamente por la Brigada Nocturna, a fin de que no hubiera bajas durante la batalla. Tan pronto terminamos de revisar el campo y confirmar que no había nadie oculto, Monte-Cristo abrió con enorme cautela el paquete que cargaba en la espalda, bajo la capa custodiada por los gatos negros. Me mostró lo que parecía una larga pluma color rojo intenso, que reposaba en una caja de cristal y madera.

—Es la Llama del rey Jorge.

—¿Es una broma?

—No, señor. Ésta es la legendaria y la original. Yo nunca bromeo con las armas.

—Pero... yo esperaba una espada. Algo que infundiera pavor.

—Como todos los rivales de San Jorge, incluido el dragón. Por eso nadie puede sobrevivir. No la agites en vano o puedes morir cortado en pedazos.

—Pero... es el asesino más eficaz de Londres... ¿Y si se acerca demasiado? No puedo con esto, necesito una pistola.

—Tonterías: si recuerdas tu entrenamiento, todo saldrá bien.

—Lo que sí recuerdo es que usted me abandonó en manos de los enemigos al desembarcar en Marsella. No se va a ir de nuevo esta vez, ¿o sí?

—No hasta que termine el combate. Y mira: es casi la hora. Tiempo de ponerse el disfraz —y tocó mi joya. La bruma azul nos envolvió por completo.

Minutos después, uno de los gatos negros maulló. Vimos una serie de sombras deslizarse alrededor del jardín: los Quijadas olfateaban y gruñían, pero no podían percibirnos. Monte-Cristo me indicó que avanzáramos al centro del jardín.

—¿Qué va a pasar?

—Tal como marca la tradición, ellos vienen y nosotros esperamos. Relájate, estamos listos —susurró el conde.

—Ayer estaba listo. Hoy estoy temblando de miedo.

Era la oscuridad total, y sin embargo, lográbamos ver cualquier movimiento, por sutil que fuera, incluso de las hojas de los árboles.

Cuando dieron las cuatro campanadas sentí una brisa venir. Monte-Cristo susurró:

—Es él. Ya viene.

Vi una mancha aún más oscura que la oscuridad acercarse rapidísimo, como si viniera sobre un automóvil. Monte-Cristo me indicó que me preparara. Agarré la espada con las dos manos. Por un instante estuve a punto de salir huyendo, pero logré contenerme: sabía que cualquier movimiento, incluso el temblor de una mano, sería percibido por el asesino invisible.

La mancha pasó junto a nosotros, rodeó el seto y se detuvo junto a la entrada que da a la calle Soufflot. Luego se volvió menos voluminosa, como si descendiera de un caballo o de un aparato enorme, y avanzó hacia nosotros. Y cometí un error: apunté mi espada hacia ella. El guerrero se detuvo de golpe, como si descifrara qué estaba ocurriendo. La mancha volvió a avanzar, pero en lugar de venir directamente hacia nosotros regresó sobre sus pasos y desapareció donde comenzaba el seto. Por la tensión en el rostro de Monte-Cristo comprendí que el enemigo estaba a punto de atacar.

Sentí un tremendo escalofrío en la base del cuello y di media vuelta: gracias a la luz de la luna que se filtraba entre las nubes, advertí que la figura de un dragón se formaba alrededor de mí. Era un dragón en forma de círculo, y yo me hallaba en el centro. Como si alguien le indicara mi posición al asesino invisible. Piqué las costillas a Monte-Cristo y éste casi saltó al ver la señal.

Me tomó por un brazo y corrimos a escondernos tras la primera estatua. La mancha en la oscuridad salió del seto, como si se incorporara, apuntó su espada hacia el centro de la trampa lunar, y la blandió de un lado a otro, como si se hubiera vuelto ciega. Así avanzó en línea recta, abanicando el aire, hasta llegar al sitio en que nos hallábamos hacía un instante. Su desconcierto al no encontrarnos fue enorme: agitó su arma a derecha e izquierda, sin resultados.

Lo que sigue ocurrió demasiado rápido y apenas puedo decir que lo comprendí: Monte-Cristo saltó hacia el seto, sacó su espada y blandió la punta de la misma de arriba abajo tres veces. Una pequeña brisa removió el seto. La mancha en la oscuridad retrocedió y corrió en dirección de la estatua que me protegía. Comprendí que mi turno había llegado, y aguardé. No contuve el aliento ni agarré la espada con mayor fuerza: sólo esperé. Y cuando el asesino salía del círculo, abaniqué con el arma tres veces. Pero no se detuvo. Entonces me puse nervioso y abaniqué tres veces más. La mancha tardó, pero se detuvo y no se movió más.

—Ríndete, Jack, no tiene caso —la voz de Monte-Cristo resonó a mi izquierda.

Oí el ruido de un objeto metálico al caer en la grava y la figura de nuestro atacante apareció sobr_ el sendero: la figura oculta en la armadura brilló como si estuviera en llamas y al instante se volvió muy negra y se derrumbó. Miré lo que quedaba del asesino invisible, aquel que en vida recibió el nombre de Jack el Destripador: dos enormes ojos oscuros, una nariz afilada, similar a un cuchillo, y dos patillas descomunales. Pronto no quedó más que el caparazón. Monte-Cristo tomó la enorme daga que Jack dejó en el suelo y la quebró en dos. Luego miró hacia los árboles:

—Tú también puedes salir, Leopold. Todo terminó.

Desde detrás de un árbol, el duque de Lauenburgo caminó hacia nosotros. Antes de llegar, arrojó una pequeña espada de mano al suelo, en señal de rendición. Monte-Cristo lo increpó:

—Las reglas no permitían venir con una armadura de dragón y sin embargo tu guerrero la portaba.

Tres golpes de la Llama no le hicieron nada, pero ni siquiera una armadura de dragón resiste a la Llama de San Jorge. Rompiste las reglas y eso provocó la muerte del guerrero.

—El consejo no necesita saberlo. Que esto quede entre nosotros.

Con un gesto de su mano, la armadura, similar a un caparazón de tortuga, desapareció del jardín.

—Ahora, a negociar.

Moví por error la punta de la espada.

—¡Wow, wow, quieto! ¡Dile al muchacho que guarde eso!

El duque estaba temblando.

—No debería tener la Llama de San Jorge en sus manos si no sabe usarla.

—Claro que sabe —sonrió Monte-Cristo—. Suelta el resto de tus armas o estás acabado.

El hombre gruñó y arrojó unos cuantos objetos redondos al suelo.

—Ahora avanza y siéntate. Acepta tu derrota como un caballero.

—Nadie había vencido a mi asesino.

—Nadie era capaz de verlo. Salvo este joven agente.

Bismarck gruñó.

En cuanto nos pusimos de pie, la luna asomó tímidamente entre las nubes. Entonces lo vi: las nubes nómadas habían formado otra figura de dragón, justo sobre mi amigo. Edmundo estaba de pie en el centro de otra trampa.

—¡Edmundo, cuidado!

Mi amigo tomó uno de los gatos de su capa y lo arrojó al cielo.

Escuché un grito de furia y espanto, y una cosa similar a un trapo negro cayó a los pies de Edmundo. Mi amigo resoplaba por el esfuerzo.

—Un arquero griego. Primero la armadura de dragón y ahora pensabas matarnos por la espalda, Leopold. ¿No te bastaba con hacer trampa una vez?

Bismarck estaba a punto de incendiarse de rabia.

—Estás herido. Recibiste una saeta griega. No vas a sobrevivir si no te doy el antídoto.

—No lo necesito —sonrió Monte-Cristo—. Sé cómo curarme. Acepta tu derrota.

Bismarck se jalaba los bigotes.

—¿Puedo llevarme a mi escolta?

—No es necesario. Si no han huido ya, los cazaré uno por uno en los próximos días.

—Primero tienes que sobrevivir, Edmundo… —y le dio una palmada afectuosa en un hombro.

—Quizá yo esté herido, pero Pierre se encuentra en su mejor momento, tiene la Llama de San Jorge —me señaló con la quijada—, y no necesita ayudantes. Ahora, a firmar el tratado de rendición y disculpas. Si intentas cualquier cosa, yo mismo te degollaré.

Sentí que algo crepitaba en la joya de mi abuela y el teniente Campbell de Scotland Yard apareció ante nosotros.

—Vaya, vaya. Cuánta violencia innecesaria.

—¡Teniente! Luce molesto, ¿se encuentra bien?

—Un poco triste, joven Le Noir. Ayer, en el bosque que rodea a Marsella, perdimos a Perkins. Trató de impedir que lo secuestraran esas bestias. ¡Lleva usted una vida agitada! En total cuatro de mis elementos cayeron por ayudarlo en los últimos días. No me gusta este ritmo de vida… Por otro lado, lo felicito por enfrentar al viejo Jack. Estuvo a punto de terminar con nosotros.

Miró el montón de cenizas que se hallaba junto a la armadura.

—¿Podrá prestarme una urna? Algo debo llevar ante la Corona inglesa, o pensarán que vine de vacaciones.

El comisario McGrau llegó un instante después. Ofreció un cuchillo a Bismarck, que cortó su dedo anular y miró cómo el líquido caía en un pequeño recipiente de cristal. Luego, a regañadientes, Bismarck mojó su dedo en esa curiosa tinta y firmó el papel que le ofrecía el comisario. Cuando terminó, el jefe enrolló el pergamino y lo guardó.

—Gracias por honrar su palabra, jefe McGrau. Llevaremos los restos de este delincuente ante la justicia de nuestro país. ¿Necesitan ayuda con el señor Bismarck, comisario?

—Se quedará en nuestras mazmorras por un tiempo, al menos mientras nuestro Senado presenta la denuncia ante el consejo europeo. Y ahora, en cuanto a usted se refiere —señaló a Monte-Cristo—, debe regresar a la prisión.

—¿Así le paga a quien salvó su ciudad, comisario?

—Sabe que estoy obligado.

—No pienso irme. Tengo doce tumbas en las que puedo esconderme, ¿recuerda?

—Ya no es así, señor conde —tuve que confesar—. Arrojamos al río once de ellas ayer, mientras usted bebía con el jefe.

El conde me miró con algo muy similar al reproche.

—Lo siento. Fueron órdenes de mi jefe.

Su rostro se crispó al escuchar eso. Me agarró por el cuello.

—Yo no haría eso, Edmundo —mi jefe se interpuso entre nosotros—. Sólo queda una caja y ya va a amanecer. Si quieres sobrevivir, necesitas saber dónde está. Tienes mi palabra de que te protegeremos y serás enviado a un lugar aún mayor que el que habitabas. Pero debes salir de París ahora mismo.

Acompañamos al conde a la avenida Saint-Michel, donde una camioneta aguardaba. Había un ataúd en la parte trasera y dos de nuestros agentes conducían.

—Nuestro país te está muy agradecido. Te llevaremos a las costas de Normandía, donde un bote aguarda.

—Me imagino que no podré viajar a descubierto.

—Imaginas bien. Es mejor que te ocultes en el ataúd, o mis agentes sentirán la tentación de tomar represalias.

Me sentí obligado a dar una explicación.

—Conde, lo siento.

—No te preocupes, muchacho. Es mejor vivir en libertad un día que no tenerla en absoluto. Y mi destino no concluye aún.

Luego de echar un último vistazo en nuestra dirección, y otro hacia las nubes, el conde entró en el ataúd y mis colegas lo cerraron por fuera, con un juego extraño de cadenas que nunca había visto y un candado muy particular, con una figura religiosa inscrita en la base.

El jefe ordenó al chofer:

—¿Recuerda las instrucciones?

—Viajar sólo de día. Si el atardecer nos sorprende, colocar el ataúd dentro de una iglesia.

—¿Y usted? —se refirió al teniente de Scotland Yard.

—Regreso a Inglaterra de inmediato.

El teniente se inclinó en mi dirección:

—Ha sido un placer, Le Noir. Cuatro fantasmas ha costado su vida. Que el sacrificio valga la pena.

Iba a agradecerle, pero desapareció en el aire con los restos del Destripador. Como lo he dicho antes, no se puede platicar con un fantasma. Ni aunque trabaje para Scotland Yard.

El comisario McGrau me miró con la peor de todas las expresiones que me había dirigido hasta el momento:

—Tienes mucho que explicar.

Y me llevó casi a rastras al Quai des Orfèvres.

# 19

# Adiós, Comisario

Mis colegas me dieron tantas palmadas en la espalda que pensé que quedaría paralítico. Incluso Le Bleu, siempre tan tirante, me estrechó la mano:

—Bravo, Le Noir. Bienvenido a la parte ruda de la Brigada.

—No lo feliciten tanto —gruñó el jefe—. No he terminado con él.

Cuando me hizo pasar a su oficina, estalló:

—No sólo llega ocho días tarde, sino que genera un caos tremendo. ¿Se imagina todo el papeleo que tendré que enviar al Senado para explicar lo sucedido?

Durante un par de horas me hizo todo tipo de preguntas sobre Monte-Cristo. En especial cuántos ayudantes tenía en el castillo, quiénes eran, qué poderes o capacidades de transformación advertí en ellos, cuál fue el método que usamos para escapar de la isla, cómo conseguí resistir la tenue luz de la luna al final del combate... Respondí lo mejor que pude, pero me hallaba irritado e incómodo y me vi obligado a confesarme ante mi superior:

—No me pareció justo lo que hicieron con el conde, señor. ¿Era necesario?

—Sé que estás molesto, Pierre —cerró su libreta de apuntes—. El conde puede ser encantador, así ha sobrevivido tantos siglos, pero no confíes en el diablo. Eras una pieza de ajedrez en un tablero mucho más grande.

—Nunca atentó contra mí y cumplió su palabra en la batalla. De no ser por él, los jabalís seguirían en esta ciudad.

—Es parte de su estrategia. ¿Te imaginas qué pensaba hacer al declararse vencedor? No es la primera vez que nos engaña. La última ocasión, en unos cuantos días logró dominar toda Francia, en compañía de Napoleón. La famosa Restauración…

—¿Monte-Cristo y el emperador Napoleón trabajaron juntos?

—Un episodio muy negro en la historia nacional, y no deseamos que se repita… En fin, algo bueno salió de todo el desastre que armaste. Gracias a que entraste a la clínica descubrimos que un impostor había tomado el lugar del doctor Charles Richet. Al verdadero doctor lo encontramos maniatado en su propia casa, que no había abandonado en los últimos días. Por eso, y porque el cadáver del falsificador cobró vida en nuestras oficinas, pudimos comprender que alguien, aún más poderoso que Bismarck, planeó el ataque con mucha anticipación e implica a decenas de personas en París. El asesinato del falsificador fue un engaño, una distracción para penetrar en nuestras oficinas. A una hora convenida el cadáver se puso de pie y revivió a otros muertos peligrosos, que guardábamos en la morgue. Rotondi y tus colegas se salvaron por los pelos, gracias a su pronta capacidad de reacción, y no tuvimos una sola baja, como no sea que lograron quemar parte de nuestros archivos.

"Ahora sabemos que los espías de ese criminal se ocultan en diversas zonas de París, y que preparan algo mayor. Nuestra siguiente misión será encontrar a quien, al parecer, ha dirigido a todos, incluyendo a Bismarck."

—¿Quién es ese hombre?

—No es un hombre. Es una mujer. Por el momento todos nuestros agentes están tras sus huellas, y debemos localizarla pronto, o esta ciudad se encontrará en grave riesgo.

—¿Y qué debo hacer?

—Tú has causado suficientes problemas, así que te encargarás de cuestiones menores… El maestro Pablo Picasso sufrió un robo en su estudio. Se llevaron la mayoría de sus pinturas como por arte de magia. Dado que tienes buenas relaciones con los artistas modernos, te harás cargo de la investigación.

Para entonces el teléfono de la oficina timbraba con insistencia. El comisario alzó el auricular y gruñó:

—Dígales que allá voy. Me llaman del Senado para reportar lo que sucedió en Luxemburgo —luego se puso de pie—. Vaya a cambiarse a su casa, lo necesita; luego repórtese con Picasso. Me alegra que esté de vuelta, pero no vuelva a desaparecer de esa manera.

Cuando ya se disponía a salir, el jefe tomó sus apuntes:

—Lo olvidaba: ¿Monte-Cristo no conversó con nadie más mientras se hallaba en la isla?

Recordé la extraña conferencia de la madrugada:

—Una vez se dirigió a alguien llamado Farah. O Fariah.

El jefe palideció:

—¿El abate Fariah? ¿El maestro de todos los fantasmas?

—Así lo llamó. Oí al conde hablar con él la noche anterior a nuestra partida.

—¿Cómo es posible? ¿En qué circunstancias lo invocó?

—No lo invocó. Tuve la impresión de que se hallaba allí, en la sala principal de la isla.

—¿El abate estaba en la isla de nuevo? ¿Está seguro de eso?

—Estuvo ahí, por supuesto. Pero es probable que haya venido al continente con nosotros. Había mucho espacio en el barco.

El jefe alzó el teléfono y gritó con furia:

—Le Bleu, convoque a los sabuesos de la Brigada. Es muy urgente. Los veo en el Panteón en diez minutos —y colgó.

—¿Qué sucede?

—Su amigo se asoció al abate Fariah, un mago y fantasma italiano. No me extrañaría que Monte-Cristo se hubiese liberado de sus cadenas a estas alturas.

—Jefe, yo ignoraba…

—Váyase de aquí. Si Monte-Cristo escapa, lo arrestaré. Debió decirme esto hace horas.

—Pero, jefe.

—Basta. Vaya con el maestro Picasso. Y deje la Llama de San Jorge antes de salir.

—Lo siento, señor. No iré. Y no le devolveré el arma.

—¿Cómo?

—He decidido presentar mi renuncia. No puedo seguir en un departamento que me usó como carnada para atrapar a un asesino, en primer lugar; que puso en peligro a una extranjera para luego desentenderse de ella, y que cada vez que cae uno de sus agentes, como fue el caso de Le Rouge, no le da mayor importancia. No volveré a trabajar aquí.

—Le Noir, le falta mucho por aprender. No le recomiendo que se aleje del grupo: Petrosian logró escapar y aún lo busca. No durará mucho tiempo vivo.

—Son los riesgos de la libertad, comisario. Le ruego que me excuse.

—Le Noir. ¡Le Noir!

Pero era demasiado tarde.

Salí al pasillo principal del edificio y me senté bajo la estatua de mármol que representaba a la justicia. La estatua se subió un poco la venda de los ojos y susurró:

—¿Todo bien?

—Iban a echarme pero renuncié.

—No debería preocuparse por eso. No vale la pena. ¿Sabe cuántos agentes de primer nivel han sido despedidos injustamente desde que existen estas oficinas? Hay un mundo más grande allá afuera, ¿lo sabe?

—Espero que no seas una espía de McGrau.

—¡Por favor! Tengo los ojos vendados —y al ver que venía alguien, concluyó—: De vuelta al trabajo. Yo soy sólo una estatua; pero alguien tiene que hacer justicia en este país.


Me instalé en el bar de la esquina y llamé al departamento de Mariska, sin resultado. Ahí empecé a preocuparme. Unos minutos más tarde vi a Karim, que salía a comer. Mi colega entró al bar y meneó la cabeza:

—¿Cómo que renunciaste? ¿Estás loco?

—¿Sabes dónde está Mariska?

Vaya que titubeó:

—¿No… no te dijeron?

—¿Qué pasó? Karim, dime: ¿Mariska está bien?

Tuvo que sentarse en un banco.

—Uf… Mariska quiso ayudarnos a detener a los monstruos, pero no era fácil… tuvo que ir a esconderse, pues ellos intentaron llevársela… desapareció hace dos noches… Lo siento mucho, Pierre. ¿Pierre?

Corrí al departamento de mi amiga, en la calle Vieille-du-Temple. Cuando llevaba algunos minutos tocando, una anciana asomó desde el piso inferior:

—¿Busca a la señorita que vive ahí? Debe estar de viaje, hace más de una semana que no la escucho.

—¿La vio salir?

—Es difícil coincidir con ella, pero sí, la vi salir hace unos días, al caer la tarde. Llevaba una bolsa grande, llena de velas. Iba muy agitada. ¿Es usted su novio?

Imaginé su cabello largo y ondulado agitarse mientras ella corría a ayudar a mis colegas. A defender la ciudad de París.

—Si regresa —le dejé una nota—, por favor entréguele esto.

La anciana guardó el papel sin mirarlo.

—Esa muchacha es una gran artesana. Fabrica velas muy bellas y les dibuja corazones.

—Así es —le dije—. Ella trabaja con el corazón.

—Dígale que tenga cuidado. Quienes llevan el corazón a la vista son los que más arriesgan la vida.

La angustia me empujó a la calle. Al último sitio en que podría estar mi amiga.

Cuando llegué a la calle Rivoli, había un pintor dando los últimos toques a las paredes de la escalera.

—Tenga cuidado con la pintura —me aconsejó. Y cuando subía, agregó—: No fue fácil arreglar este caos.

—¿A qué se refiere?

—¿No vive aquí usted? El incidente del jueves. Alguien soltó a un animal salvaje en el pasillo y provocó graves desperfectos: arañazos en las paredes, pintura manchada, se estropeó la herrería del último piso. Incluso había sangre en la alfombra central... Van a agregar una cuota extraordinaria para pagarlos. El dueño del último departamento no ha aparecido, pero él va a gastar más que todos los vecinos para reparar lo que hicieron ahí. Ayer el administrador por fin quitó las señales de la policía, para que pudiéramos pintar. Pude echar un vistazo dentro y se ve terrible. Espero que no me contraten para arreglar eso. Ignoro qué pasó adentro, pero me da miedo entrar.

Me imaginé la cubeta llena de vísceras que vimos en el hospital del doctor Richet y subí a saltos las escaleras.

—¡No toque las paredes!

Corrí al último piso. El personal de limpieza consiguió disimular lo que ocurrió en el pasillo: la herrería del pasamanos relumbraba y la alfombra lucía como nueva. En cambio la manija de la última puerta se hallaba doblada y arañada, como si la hubiesen abierto con unas pinzas monstruosas. Saqué la Llama de San Jorge y abrí con la mayor precaución, pero no había nadie en el departamento de Dumas.

La silla estaba hecha añicos. Al escritorio lo habían quebrado en dos y su contenido se hallaba esparcido a lo largo y ancho de la habitación, como si alguien lo hubiera alzado y arrojado contra la pared. No había que mirar mucho tiempo el piso para comprender que eran manchas de sangre.

En un rincón encontré un objeto brillante: un escapulario negro, con el fondo rojo, que mostraba a un dragón de afilados colmillos. Y llevaba un nombre: Mariska de Hungría.

Dije el nombre de mi amiga en voz alta varias veces pero ningún milagro ocurrió.

Tomé el pedazo de vela que me quedaba y lo encendí sobre mi palma. La bailarina azul surgió de inmediato, sólo que en esta ocasión tenía los rasgos de mi amiga. Al verme, bailó y bailó sobre la palma de mi mano y al final extendió ambos brazos hacia mí. Me dio lo que se podría llamar un beso, si los besos te dejaran una quemadura sobre los labios. Al final se despidió con un gesto de la mano.

Estaba a punto de salir cuando vi que había un niño agazapado detrás del escritorio. Lo reconocí: era mi alma.

—¿Pero cómo…? ¿Quién te trajo aquí?

—Tienes que crearte una nueva alma, Pierre. Después de los veinte años, la mayoría pierde la suya y ya no le importa. Si no quieres ser como ellos, tienes que crear una nueva.

—¿Cómo voy a hacer eso?

—Sólo tu maga puede ayudarte. Adiós, Pierre. Fue muy bueno estar contigo. Iré a buscar a Mariska.

Tan pronto dijo esto, el niño se desvaneció.

Karim me esperaba apoyado en un farol:

—Hay un colega que quiere verte.

—No quiero nada con la policía.

—Te aseguro que quieres ver a este colega.

Unos pasos más adelante, cuando entrábamos a un callejón sumido en las tinieblas, Karim me empujó al interior de un bar sombrío. Me llevó al último rincón de la barra y tan pronto me senté, salió corriendo a la calle.

—Voy a dejarte solo por un momento, Pierre. Es la única manera.

Apenas iba a gritarle cuando una persona me puso la mano en el hombro.

Era el Pelirrojo.

—¿Pero qué…? ¿No estabas muerto?

—Sólo me sacaron provisionalmente de mi cuerpo.

Entonces vi que la luz pasaba a través de él.

—¿Te sientes bien, Pierre? Te veo un poco pálido.

—Vaya. Necesito un trago.

—Quizá necesites algo más fuerte que eso.

Pedí un cognac al camarero y lo bebí de golpe. Un jazz muy festivo, casi demencial, sonaba en la radio. Cuando me hube recuperado le reclamé a Jean-Jacques:

—¿Por qué tengo la impresión de que la mayoría de los colegas de la Nocturna no son seres humanos?

—Porque, de hecho, de toda la Brigada Nocturna, el único humano eras tú, Pierre. Los demás siempre han sido Grandes Bestias y otras especies que descubrirás pronto, o son fantasmas escondidos en cuerpos humanos, como lo era yo.

Tuve que contar hasta diez antes de calmarme:

—Ojalá me lo hubieran dicho al principio.

—Ya sabes cómo es el jefe… Discreción máxima… Uno puede perder el alma en el cumplimiento del deber, perder a la mujer que ama, perder el propio cuerpo incluso, pero eso es problema de cada quien y no debe interferir con el trabajo. Oye, ya que estás ahí, ¿puedes servirme una limonada? En estas condiciones uno no puede hacerlo por sí mismo, es una lata depender de los otros... Con mucha azúcar, por favor.

Pedí su bebida. No podía dejar de verlo, pero él actuaba como si fuera un día normal: estaba sentado con la pierna cruzada, los brazos estirados y los dedos entrelazados detrás de su nuca. Finalmente estallé:

—No sabes cuánto me alegra verte, aunque sea así. ¿Por qué nadie me dijo que... que estabas bien? ¿Por qué no me lo dijiste tú?

—Cuando te matan con violencia quedas muy confundido. Confundes las calles, se te olvida tu nombre... yo no podía ni abrocharme los zapatos. Cuando recuperé la memoria estaba en una banca de las Tullerías. Tardé en recordarlo todo y encontrar el modo de volver a la oficina. Fue el día que los jabalís atacaron. No encontré a nadie ahí, estaba todo desordenado. Cuando por fin encontré al comisario, ya todo había terminado.

—Pues tu mensaje fue muy oportuno. Por ahí empezamos a investigar.

—¿Dejé un mensaje? No lo recuerdo... Por cierto, Pierre... El jefe me pidió que hablara contigo... Teme que dejes el equipo.

—Renuncié. Debo encontrar a Mariska.

Terminó de un trago su bebida antes de proseguir:

—Comprendo. Pero Mariska se halla en alguna parte del norte de este país. Cerca de un acantilado. Una mujer fantasma la secuestró. Está herida, pero no ha muerto. Si te das prisa, podrás ayudarla.

—¿Qué? ¿Cómo sabes todo eso?

—Lo siento, Pierre, tengo que irme. Me esperan en el Más Allá. Estoy obligado a pasar ahí una temporada, mientras me repongo de lo que he visto. Pero abre los ojos porque volveré a ayudarte.

Se escuchó un coche estacionarse frente al bar. Le Rouge me tendió la mano:

—Gracias por detener a mi asesino... Insisto, te ves más pálido que yo.

—Un jabalí me rasguñó...

—Ah, ya entiendo. Vas a transformarte en una Gran Bestia. Vaya, disfrútalo. Relájate y disfrútalo todo, caray. Es magnífico estar vivo, ¿no crees?

Le Rouge se puso de pie.

—¿Conoces el chiste del emperador chino y los cuatro fantasmas? Alguien me lo contó por aquí, mira: cuentan que un emperador llamó al más sabio de sus maestros y le preguntó: "¿Por qué es tan difícil alcanzar la libertad?" El sabio le dijo: "Tiene la libertad cuatro fantasmas que están enfrente de ella y la cubren. Para conocerla hay que deshacerse de ellos. El primero es el fantasma del dinero. El segundo es el fantasma de la patria. El tercero es el fantasma de los honores. El cuarto es el fantasma del amor. Quien supere a los cuatro fantasmas vivirá en libertad". El emperador respondió: "¿Por qué debería renunciar al dinero, a los honores, a la patria y al amor?" El sabio le dijo: "Es por eso que no puedes vivir en libertad".

Le Rouge aplaudió y rio él solo de su historia. Entonces dio dos pasos hacia el centro del bar e hizo algo extraño con los pies.

Tardé en comprender qué estaba haciendo, porque sus extremidades se veían borrosas. Pero cuando movió los brazos no tuve duda alguna: mi amigo estaba bailando. El jazz de la radio. Y siguió bailando, hasta que desapareció.

Lejos de molestarme, que se fuera sin despedirse me provocó una gran alegría.

Una muy grande.

Casi tan grande como París.

*Paseo del Río,*
*luna llena de enero de 2020*

# El autor da las gracias

A Paulina de Aguinaco, por sus consejos y el entusiasmo que mostró por esta trilogía.

A Francisco Goñi, Rosa Criales y Ana Garro, así como a todos los amigos que acogieron con amabilidad mi taller en la librería Gandhi Mauricio Achar, también les estoy muy agradecido. Muy especialmente a Marijke van Rosmalen, Horacio Danel, Jesús Guinto, Angélica Ponce, Miriam Beltrán, Raúl Caballero, Claudia Sainte-Luce, Erick Baena Crespo, Graciela Manjarrez, Lola Arias, Jordi Mariscal. Y a mis amigos del taller en línea, en todos los países y ciudades: Ernesto Ramírez y sus estupendas observaciones literarias, Mónica Castellanos, Diana Agamez, Adriana Palomino, Francisco Benavides, entre muchos otros: ustedes saben quiénes son.

A Avelino Gaytán, a Santiago Jiménez de la Borbolla y a Francisco Ledesma debo un reconocimiento muy especial por la puntería impecable con que aconsejan a este servidor.

Por su amistad infalible, a José Eugenio Sánchez, Gastón García-Marinozzi, Mario Muñoz, Gustavo y Augusto Cruz, Yael Weiss, Jorge Briseño y Paloma Vergara, Luza Alvarado, Karla Zárate, Vicente Alfonso, Antonio Ortuño, Luis Carlos Fuentes, Gerardo Lammers, Francisco Barrenechea, Tomasz Pindel, Cathy Fourez, Karim Benmiloud, Florence Olivier, Antonio Rodríguez, Christilla Vasserot, Hugo Hiriart, Guita Schyfter, Úrsula e Ingela Camba Ludlow, Jovi y Francisco Goldman.

A Daniel Divinsky, y a Joaquín Salvador Lavado no sólo les agradezco: me quito el sombrero ante ellos. Gracias, caballeros.

A mis editores en PRHM, Andrés Ramírez y Ángela Olmedo, cuya presencia y contacto celebro.

A Petros Markaris, Carlos Zanón, Alexis Ravelo, Carlos Salem, Ernesto Mallo, Kike Ferrari, Patrick Deville, Víctor del Árbol, Horacio Castellanos y Rodrigo Rey Rosa: gracias por el café, el vino, las cenas en Toulouse, el tequila, el mezcal, el aguardiente, las palabras y la amistad.

A mis agentes, Bárbara Graham y Guillermo Schavelzon.

A Rosa María, Modesto, Pablo, Salvador y Andrea Barragán; a Gely, Taty, Luis y Armando.

A Matthieu, Christian y Dominique Bourgois, que adoptaron los libros de este escritor tampiqueño.

A Mateo, Mariana y Joaquín, que me pidieron catorce colmillos, mucho más afilados.

A Rosario Heredia, por su amor y su sentido del humor a lo largo del tiempo.

A Claudio López Lamadrid, que pasó por este mundo como un cometa muy feliz.

# Índice

*Muerte en el Jardín de la Luna* de Martín Solares
se terminó de imprimir en el mes de julio de 2020
en los talleres de
Diversidad Gráfica S.A. de C.V.
Privada de Av. 11 #1 Col. El Vergel, Iztapalapa,
C.P. 09880, Ciudad de México.